UNA NOTTE DA RICORDARE

I DUCHI MALANDRINI #5

ERICA RIDLEY

Traduzione di
ERNESTO PAVAN

Amate il romance? Ecco come godere di contenuti esclusivi, giveaway e altre belle cose:
Iscrivetevi a smarturl.it/EricaRidleyItaliano per ricevere omaggi riservati ai membri e altro ancora!

Nell'ordine, i libri che compongono la serie "I Duchi Malandrini" sono:
Una notte di seduzione
Una notte di abbandono
Una notte di passione
Una notte di scandalo
Una notte da ricordare
Una notte di tentazione

Nell'ordine, i libri che compongono la serie "I Duchi di Natale" sono:
C'era una volta un duca
Profumo di duca
Il duca tra le stelle
Mai dire duca

Duchi, in verità
La sposa del duca
L'abbraccio del duca
Il desiderio del duca
All'alba con un duca
Una notte con un duca
Dieci giorni con un duca
Per sempre il vostro duca

Nell'ordine, i libri che compongono la serie "Dalle Stalle alle Stelle" sono:

Il signore della fortuna
Il signore del piacere
Il signore della notte
Il signore della tentazione
Il signore dei segreti
Il signore del vizio

Nell'ordine, i libri che compongono la serie dei "Duchi di Guerra" sono:

Il visconte irresistibile
Il conte proibito
Il capitano irraggiungibile
Il maggiore incantevole
Il generale innamorato
Il pirata ammaliatore
Il duca sbagliato

*L*ady Felicity Sutton non riuscì a trattenersi dal prendere l'ennesimo bicchiere di limonata dal vassoio di un lacchè di passaggio. Suo fratello le aveva ricordato più di una volta che la missione di quella sera era ammaliare uno dei signorotti celibi che gironzolavano per la sala da ballo di fronte a lei. Felicity avrebbe dovuto dare la caccia a duchi e marchesi, non a della deliziosa limonata.

Ma non importava a quante soirée partecipasse o quanto fosse abile l'orchestra che suonava per i danzatori, una parte importante di lei non riusciva mai a dimenticare com'era stata la situazione *prima*. Ai tempi in cui non c'erano vestiti nuovi, né tantomeno lussuosi abiti da ballo. Ai tempi in cui l'unica compagnia dei due fratelli era quella reciproca. Allora, zucchero e limoni erano parsi così cari che l'idea della limonata non era altro che l'ennesimo sogno irraggiungibile.

Più ancora dei lampadari sopra la sua testa e degli individui eleganti che la circondavano, nulla le ricordava quanta strada avevano fatto più del semplice lusso di poter bere della limonata fresca, dolce e aspra tutte le volte che voleva.

"Non contare le pecore," le mormorò nell'orecchio suo fratello, ora duca di Colehaven. "Conta i *conti*. Devi contrarre un buon matrimonio."

"Lo so," gli assicurò lei. "Sto stendendo il piano di attacco."

Il sollievo di Cole era palese. "È la serata giusta?"

"È la Stagione giusta."

Così sperava Felicity. Un conto era attirare lo sguardo di un uomo; un altro era portarlo all'altare.

"Ti lascio fare." Cole smise di rimproverarla come una mamma chioccia e attraversò la sala da pranzo per andare a raggiungere la sua sposa novella.

Felicity scosse affettuosamente la testa. Era disposta a tutto per suo fratello e lo stesso valeva per lui.

Da che lei aveva memoria, erano sempre stati soli contro il mondo. Allora, lui era Caleb e lei, più spesso che no, era "Felix." Ora lei era lady Felicity e lui il duca di Colehaven.

Pochi mesi prima, Cole si era innamorato e aveva preso moglie. Non era mai stato così felice e voleva la stessa felicità per sua sorella. Sotto forma di un duca, possibilmente. O al massimo di un conte, se proprio lei si fosse vista costretta a ridurre le proprie aspettative. Aveva avuto *sei Stagioni*. Orrore! Era venuto il momento di fare una scelta.

Felicity entrò nel gabinetto delle signore e raggiunse uno dei posti liberi di fronte al maestoso specchio dalla cornice dorata dei Barkley. Un tavolo di mogano posizionato appena sotto il bordo della cornice era colmo di tutto il necessario per una signora esausta dalle danze.

Acqua di rose per sgonfiare gli occhi, forcine di ricambio per i capelli, fazzoletti da immergere in una scodella di acqua e ghiaccio da premere contro la nuca accalorata. Felicity adorava tutto ciò. Le altre signore potevano anche dare per scontati quei lussi, ma il profumo dell'acqua di rose o il sollievo dato da un impacco freddo sul collo non mancavano mai di farla sentire come una principessa delle favole.

"Temo che mi verrà il vomito," mormorò una debuttante cinerea alla sinistra di Felicity. A quelle parole seguì un grido colmo di panico. "Santo cielo, avevo *promesso* di non dire 'vomito' alla festa! Non sto male, sono… *un caso disperato*."

Felicity si voltò sorridendo verso la giovane donna. "Come state? Mi chiamo lady Felicity Sutton."

La ragazza impallidì ancora di più. "Ho detto 'vomito' di fronte alla sorella del duca di Colehaven?" La giovane tuffò il viso tra le mani. "Sono rovinata."

"Assolutamente no," disse divertita Felicity. "Non sono così schizzinosa, e poi, voglio rivelarvi un segreto: anche le persone titolate vomitano. Ma voi *non* lo farete, vero? Non con quel bel vestito bianco. Avete uno splendido aspetto. Immagino che il vostro carnet di ballo si sia riempito nel giro di pochi istanti."

"Quasi," ammise la ragazza. Rivolse a Felicity un sorriso timido. "Grazie per la vostra gentilezza. Mi chiamo Alexandra Corning. Questa è la mia prima Stagione."

Felicity ricambiò il sorriso. "Tutte le signore presenti questa sera hanno avuto una prima Stagione. Vi ci abituerete."

"Non *troppo*, spero," disse con fervore la signorina Corning. "Non posso rischiare di diventare *zitella*."

Quella parola, pronunciata a bassa voce, le uscì di bocca nello stesso tono con cui avrebbe potuto dire *lebbrosa* o *paria* o *inutile* o *condannata*.

Felicity non biasimava la signorina Corning per quell'atteggiamento drammatico. La maggior parte delle giovani donne in età da marito tendeva a condividere la stessa opinione. Anzi, i ventiquattro anni di Felicity erano la ragione per cui suo fratello disperava che sarebbe mai riuscita a convincere un corteggiatore a dichiararsi. Felicity non aveva nulla contro duchi e conti, ma voleva qualcosa *di più* che lusso, titoli e ricchezze.

Voleva *condividere* tutto quel ben di Dio.

Non le bastava lasciare quanto necessario a provvedere ai suoi figli e ai figli dei suoi figli. Aveva bisogno di fare tutto ciò che era in suo potere per migliorare le vite degli innumerevoli bambini poveri che vivevano per strada e nelle ladronaie, che faticavano ad arrivare a fine giornata. Bambini come erano stati un tempo lei e Cole.

Bambini che avevano disperatamente bisogno di qualcuno che si prendesse cura di loro.

"Non abbiate paura di rimanere zitella," disse alla signorina Corning. "Cercate di rilassarvi."

"Non ci riesco," disse mestamente la giovane. "I miei genitori si aspettano la perfezione."

"Tutti hanno una definizione diversa di 'perfezione,'" rispose Felicity.

C'erano voluti fino all'ultimo minuto delle sue sei Stagioni per trovare un uomo che corrispondesse ai requisiti di Cole *e* ai suoi.

Per la maggior parte degli uomini, la dote di Felicity era un motivo sufficiente per sposarla. Il punto era trovare un uomo che non ne avesse *bisogno*. Qualcuno la cui fortuna fosse sufficientemente vasta da far sì che la dote di Felicity fosse un'aggiunta gradita, ma superflua.

Lord Raymore corrispondeva perfettamente alla descrizione.

Non era duca, ma marchese – e aveva due decenni più di lei – ma persino Cole non riusciva a trovargli ulteriori difetti. Raymore era spaventosamente ricco. Tre su sei delle sue proprietà erano vincolate al titolo, il che significava che nessuno avrebbe mai potuto privarli della loro casa. Né Felicity né i suoi figli avrebbero mai dovuto temere di vivere per strada in futuro. Ma possedere ricche proprietà non bastava.

Che senso aveva sposare privilegio e potere se lei non poteva approfittarne per aiutare i più bisognosi?

"Quando sarò sposata," disse sospirando la signorina Corning, "non dovrò mai più muovere un dito. Mio marito penserà a tutto."

Lo avrebbe fatto di sicuro, se lei glielo avesse permesso.

Felicity aveva convinto Cole ad aggiungere la clausola "La moglie avrà il permesso di contribuire a nobili cause come ella riterrà più opportuno" nel suo contratto prematrimoniale, ma nessuno di loro due era riuscito a convincere anche solo uno dei corteggiatori che si erano susseguiti nel corso degli anni ad accettare quella condizione.

Sono gli uomini a controllare il denaro, insistevano alcuni. *Fino all'ultimo penny*. Altri sarebbero stati felici di fornirle una borsa senza fondo, a patto che il denaro di suo marito venisse speso solo in cose che migliorassero l'immagine della famiglia: gioielli, abiti elaborati. In nessun caso lei avrebbe dovuto sprecare le loro risorse per gli altri.

"Avete posato lo sguardo su qualcuno in particolare?" chiese Felicity.

"Il mio sguardo si posa su tutti gli uomini che abbiano un titolo," rispose ridacchiando la signorina Corning. "Esattamente come tutte le altre."

Felicity non era "tutte le altre." E nemmeno lo era lord Raymore.

Non solo l'anziano gentiluomo faceva parte della commissione istituita dalla Camera dei Lord allo scopo di riformare le leggi sul lavoro minorile, ma lui e Cole erano gli *unici* pari membri della commissione. Raymore era l'unico scapolo in quella sala da ballo che avrebbe gioito nello sposare una donna che condividesse la sua passione per migliorare le vite dei meno fortunati.

E Felicity era promessa al marchese per un valzer in meno di un'ora.

Era un buon segno, ma una futura sposa aveva bisogno di più che un segno. Lord Raymore ballava con Felicity abbastanza regolarmente da far inarcare qualche sopracciglio, ma non cercava mai la sua compagnia al di fuori della sala da ballo. Se lei voleva cambiare la situazione, doveva avere l'aspetto e il comportamento di una futura marchesa.

"Il vostro abito è splendido," disse timidamente la signorina Corning. "Adoro le roselline sullo strascico."

"Grazie," rispose con orgoglio Felicity. Non era stato facile scegliere.

Aveva trascorso innumerevoli ore china sui figurini per trovare con precisione gli stili giusti necessari a comunicare l'impressione che sperava di dare.

Più matura delle ragazzine timide appena uscite dagli studi elementari, ma abbastanza giovane da essere una buona preda per un gentiluomo assennato. Abbastanza intelligente da governare qualunque casa, ma non autoritaria o dispotica al punto da essere fastidiosa. Elegante, non vistosa. Attraente, non volgare.

Duchessa, non *disperata*.

Era un confine molto vago. Ma d'altra parte, controllare il proprio aspetto esteriore era stato l'unico strumento a disposizione di Felicity per la maggior parte della sua vita. Aveva sempre dovuto fingere di essere un'altra persona per essere vista o per ottenere ciò di cui aveva bisogno. Ora, non le pareva più di rinunciare a una parte di sé.

Si raddrizzò il corpetto. I vestiti giusti la facevano sentire al sicuro. Le permettevano di essere – o quantomeno di sembrare – ciò che voleva. Prima che suo fratello ereditasse un titolo, gli abiti maschili che indossava determinavano se sarebbe stata accettata. Se avrebbe mangiato. Se sarebbe rimasta con suo fratello.

Ora che Cole era duca... non era cambiato nulla. La capacità di Felicity di imitare l'aspetto giusto avrebbe determinato il resto della sua vita.

Capiva perfettamente perché una debuttante come la signorina Corning avesse la sensazione di rischiare di vomitare. Lord Raymore *doveva* essere quello giusto. Era l'unica speranza che le era rimasta.

Felicity raddrizzò le spalle con determinazione. Quella era la sera in cui avrebbe imboccato la strada del lieto fine.

Le spalle della signorina Corning si curvarono mentre ella si fissava nello specchio. "I miei capelli sono un caso disperato."

"Ecco la soluzione." Usando delle forcine prese dal vassoietto appropriato, Felicity risistemò le ciocche volanti della signorina Corning in uno stile che aveva visto su *La Belle Assemblée*. Lei e la sua cameriera personale avevano fatto pratica con quell'acconciatura un centinaio di volte. Ancora una forcina e... "Ecco fatto."

La signorina Corning esalò un respiro tremolante. "È bellissima. Vi ringrazio molto. Immagino di essere il più in ghingheri possibile."

"Siete magnifica," le assicurò Felicity. "Il ballo vi piace?"

"Mi sembra che ogni minuetto sia la mia unica possibilità con ciascun gentiluomo." La signorina Corning arrossì. "Dev'essere meraviglioso essere sorella di un duca e non doversi preoccupare di certe cose."

Felicity non era sempre stata sorella di un duca e non aveva mai smesso di preoccuparsi.

"Venite," disse alla signorina Corning con quello che sperava fosse un sorriso rassicurante. "Torniamo al ballo, cosa ne dite? Magari finiremo di riempire il vostro carnet mentre aspettiamo l'inizio del prossimo ballo."

La signorina Corning annuì. Rimase appiccicata a Felicity mentre uscivano dal gabinetto e tornavano al rumore e agli sfarzi della sala da ballo.

"Ecco mia madre," disse la signorina Corning. "Santo cielo, sembra furiosa. Mi sono attardata troppo?"

"Andate da lei," disse Felicity. "Furiose o meno, le madri sono preziose."

Lei non ricordava nemmeno la sua.

"Grazie di tutto." La signorina Corning riverì e si allontanò in fretta e furia.

Felicity si incamminò verso la sua conoscente Hester Donnell.

Come per Felicity, anche quella non era la prima Stagione di Hester. A differenza di Felicity, Hester era nata in quel mondo. Non doveva fingere di appartenervi o temere di essere smascherata come l'inferiore che era. Per Hester, tutta quella magnificenza era normale.

Soprattutto, Hester era una lanciatrice di mode. Il rapporto amichevole che c'era tra loro aveva aiutato Felicity a inserirsi in società ai tempi del suo debutto. Felicity ne sarebbe stata per sempre grata.

"Hai assaggiato le crostatine al limone?" chiese Hester quando lei si avvicinò.

"Lo sai che ho assaggiato le crostatine al limone," rispose Felicity. "Le ho assaggiate tutte. Avrei spazzolato anche le briciole se non fossi stata trattenuta con la forza da lacchè dagli occhi d'aquila."

Hester fece un sorrisetto. "Magari fosse vero. Un piccolo dramma al limone ravviverebbe questa serata."

Persino ora che erano anni che si incrociavano in sale da ballo come quella, Felicity faticava a capire come facessero gli altri a *stancarsi* di essere circondati da tanta bellezza, lusso, cibo e musica.

"Come stai passando il tempo?" chiese seccamente.

Hester inclinò l'orlo del ventaglio dipinto verso una coppia ben vestita i cui gomiti erano intrecciati in una contraddanza. "Guardo lady Penelope Wakefield che ammalia il conte di Findon. Alcuni dicono che lui abbia l'occhio troppo vagabondo per scegliere una sposa, ma ha tenuto libero un ballo per lady Penelope almeno una volta ogni due settimane. Io te lo dico: quell'uomo sta pensando al matrimonio."

Felicity ci sperava sul serio. Non perché fosse a parte dei progetti che lady Penelope e il conte avevano o non avevano l'una nei confronti dell'altro. Ma perché anche Felicity e lord Raymore avevano condiviso un ballo ogni singola settimana della Stagione, senza fallo.

Se un'attenzione bisettimanale significava che era in arrivo una proposta di matrimonio per lady Penelope, di sicuro un valzer o un minuetto settimanali indicavano che lord Raymore aveva intenzioni matrimoniali nei confronti di Felicity. Lei avrebbe solo dovuto convincerlo a fare il passo successivo.

"Quando pensi che chiederà la sua mano?" mormorò.

"A giorni," rispose sicura Hester. "L'anno prossimo, a quest'ora, daranno l'evento più popolare della Stagione." Fece vorticare un dito di liquido dorato nel bicchiere e borbottò: "Spero che offriranno dello sherry migliore."

Felicity non fece commenti. Trovava che il rinfresco fosse davvero delizioso e che la festa fosse spettacolare.

"È raro che io venga colta di sorpresa da eventi del genere," proseguì Hester. "Sapevo che lady Diana era la persona giusta per tuo fratello la prima volta che li ho visti insieme."

Felicity si accigliò. "Hanno mai ballato insieme prima di sposarsi?"

"No," disse Hester, con aria da profetessa, "e lui voleva. Ma era chiaro che erano destinati a sposarsi. Tutti vogliono coloro che non possono avere."

Lo stomaco di Felicity si serrò. C'era forse del vero nelle parole di Hester? Il vero motivo per cui lord Raymore non aveva ancora chiesto la mano di Felicity era perché lei aveva accettato ogni singolo ballo, invece di rendersi più difficile da ottenere?

Strinse i denti in preda alla frustrazione. Le regole del corteggiamento erano così arbitrarie! Perché doveva essere un gioco con vincitori e sconfitti, invece di franche conversazioni dove semplicemente tutti dicevano esattamente quello che volevano?

Voi mi piacete.

Anche voi mi piacete.

Sposiamoci.

Non sarebbe stato molto più facile che civettare col ventaglio seguendo un codice, razionando minuetti e pizzicandosi le guance nel gabinetto tra un ballo e l'altro per mantenere un aspetto più giovanile?

"Che espressione che hai," disse ridendo Hester. "È come se avessi appena provato lo spaventoso sherry dei Barkley per la prima volta. A che starai mai pensando?"

"Al matrimonio," rispose sinceramente Felicity.

"Credimi," disse Hester, abbassando la voce. "Se ci fosse una scelta migliore, farei io stessa le presentazioni. Ma temo che non ci sia. Stai guardando il meglio del meglio."

Felicity annuì. "Lo so."

In verità, sposare *chiunque* in quella sala da ballo sarebbe parso la realizzazione di un sogno a quella che lei era stata quando aveva otto anni. Anche solo diventare la moglie di un lacchè sarebbe stato impensabile. Durante la maggior parte della sua infanzia, Felicity non aveva trovato posto da nessuna parte. Lei e Cole avevano avuto la fortuna di non essere soli al mondo, ma l'amore non riempiva lo stomaco.

Poiché lei e suo fratello non facevano parte della vita del duca originale e dei suoi eredi, non c'erano praticamente pettegolezzi riguardanti gli anni oscuri prima che Cole ereditasse. La gente in quella sala da ballo non conosceva la verità sul loro passato e, a Dio piacendo, la situazione non sarebbe cambiata.

Felicity non si vergognava di ciò che aveva fatto per sopravvivere, ma la verità avrebbe fatto di lei una reietta proprio quando era vicinissima a *inserirsi* finalmente.

Sempre che riuscisse a convincere lord Raymore a dichiararsi.

Hester inarcò le sopracciglia. "Non credo che tu debba più preoccuparti del matrimonio."

Per via del marchese? Felicity si rallegrò. Forse Hester aveva sentito dire qualcosa di interessante.

"Cosa intendi?" chiese con prudenza.

"Ormai te ne sarai resa conto da sola," disse stupita Hester. "Questa è la tua quinta Stagione."

Felicity deglutì. "Sesta."

"Esattamente," disse seccamente Hester, riportando lo sguardo sulla pista da ballo.

Lo stomaco di Felicity si contrasse. Hester non stava suggerendo che ci fosse una proposta di matrimonio all'orizzonte. Stava dicendo che era *troppo tardi*.

"Ho ventiquattro anni," mormorò Felicity.

"Mm-mm," disse distrattamente Hester. "Io ne ho quasi ventidue. Questo è il mio ultimo anno."

Felicity si ritrasse inorridita. "Ventidue anni *non* sono troppi!"

"Oh, certo che no," concordò Hester. "Non per me. Ho sempre saputo chi sposerò. I nostri padri hanno stretto un patto quando noi due eravamo bambini. Titus e io, a nostra volta, abbiamo concordato che ci saremmo goduti tre Stagioni di indipendenza prima di unirci in matrimonio. Ha già ottenuto la licenza. Ci sposeremo il mese prossimo."

Felicity la fissò prima di trovare la forza di mormorare: "Congratulazioni."

Aveva sempre saputo di tentare il diavolo aspettando tanto a lungo a sposarsi, ma non aveva preso in considerazione la possibilità che la situazione fosse già *disperata*. Ebbe un tuffo al cuore. Aveva promesso a suo fratello che sarebbe stata fidanzata prima della fine della Stagione. Aveva ripromesso a se stessa di fare progressi misurabili con lord Raymore prima della fine della serata.

Era la sua migliore occasione.

L'orchestra abbassò gli archetti e i danzatori si allontanarono dal pavimento di legno lucido. Uno dei gentiluomini si diresse nella sua direzione. Alto, capelli biondo-rossicci, occhi scuri... il conte di Thistlebury.

Felicity raddrizzò la schiena. Aveva ancora un set libero prima del ballo che aveva promesso a lord Raymore.

Il conte si inchinò a entrambe prima di offrire il braccio a Hester. "Credo che questo sia il mio ballo."

Hester ammiccò a Felicity da sopra la spalla,

come per suggerire che si stava godendo appieno l'ultimo mese di libertà.

Felicity avrebbe voluto godere anche lei della serata. Non rimanere in piedi con imbarazzo accanto al posto vuoto dal quale la sua amica, già fidanzata, se n'era appena andata in compagnia di un conte.

Accettò un bicchiere di sherry da un lacchè di passaggio, tanto per avere le mani occupate.

Per abitudine, passò lo sguardo sulla sala da ballo in cerca di lord Raymore. Il loro ballo era quello successivo. Felicity non sarebbe mai stata tanto diretta da avvicinarlo prima del momento giusto, ma era sola con un bicchiere di ottimo – sebbene qualcuno lo definisse non all'altezza – sherry e non sarebbe stato male avere qualcuno con cui conversare.

Ecco. La zazzera di capelli sale e pepe di lord Raymore attirò la sua attenzione.

Il marchese *non* era solo con l'unica compagnia di un bicchiere di sherry in mano. Era al centro della pista da ballo che si godeva un minuetto nientemeno che con la signorina Corning.

La timida debuttante stava guardando il marchese con le giovani gote arrossate e i capelli magnifici nell'acconciatura che Felicity aveva realizzato con le sue stesse mani.

Meraviglioso.

Felicity posò il bicchiere ancora pieno dietro una pianta in vaso. Non era tutto perduto, ma avrebbe dovuto avere la mente lucida quando avrebbe ballato con lord Raymore, se voleva avere la minima speranza di presentarsi come un'opzione migliore del cherubino dalle guance rubizze che il marchese aveva in quel momento tra le braccia.

Circumnavigò rapidamente la sala da ballo diretta verso suo fratello e la moglie di lui, badando a non avvicinarsi troppo ai ballerini. L'ultima cosa che voleva era che lord Raymore la vedesse sola e senza un partner e che ripensasse al proprio interesse.

Quando Felicity ebbe raggiunto suo fratello e la moglie di lui, questi non erano più soli.

Quell'arrogante pallone gonfiato di Silar Wiltchurch stava impegnando l'attenzione di Cole in chissà quale conversazione. Wiltchurch era nipote di una delle madrine di Almack's. Per quanto insopportabile fosse, nessuno osava contraddirlo per timore di vedersi bandito per sempre dal club. Wiltchurch non permetteva mai a nessuno di dimenticare quanto fosse pericoloso mettersi contro di lui.

"Interrompo qualcosa di importante?" chiese a bassa voce Felicity a sua cognata.

Diana levò gli occhi al cielo. "Le gare di corsa non sono importanti. Interrompi pure."

Felicity ricambiò il sorriso di Diana, ma il suo interesse era stato suscitato. *Le gare di corsa* potevano anche non essere importanti per Diana, ma erano di grande interesse per Felicity. Soprattutto se la gara in questione si svolgeva con mezzi meccanici. L'unica cosa che Felicity adorava più dei cavalli erano i carri.

"Su cosa si gareggia?" chiese in tono leggero.

Prima che Cole potesse rispondere, Silas Wiltchurch emise uno sbuffo. "*Voi* non gareggiate su nulla. Le signore non gareggiano. A gareggiare siamo io, Colehaven e altri *uomini*."

Cole si rivolse a Felicity come se Wiltchurch non avesse detto nulla. "Carri. Bighe, per essere precisi. Potrebbe interessarti sapere che–"

Felicity scosse la testa prima che lui potesse proseguire.

Pur sapendo che suo fratello non avrebbe mai detto nulla di scandaloso – come ad esempio *Gareggerò a bordo del carro che hai modificato per me* – Silas Wiltchurch aveva ragione.

Persino la mostra del più superficiale degli interessi in "cose da uomini" sarebbe bastata a dissuadere un gentiluomo maturo e conservatore come lord Raymore a prenderla in considerazione come futura sposa. Non poteva correre il rischio.

Sfortunatamente, Wiltchurch aveva notato la piccola scrollata di testa di Felicity.

"Ohhh," disse l'uomo, con impazienza esagerata. "Prima interrompete una conversazione che non ha nulla a che vedere con voi chiedendone l'argomento, poi cercate di metterci a tacere quando vostro fratello tenta di rispondere alla vostra domanda impertinente." Si rivolse nuovamente a Cole. "Non è colpa vostra. L'infimo cervello femminile non è in grado di comprendere nulla di più concreto che piume di struzzo e pizzo francese."

Cole aveva l'aria di uno che era sul punto di sferrare un pugno in faccia a Wiltchurch.

"Avete proprio ragione." Felicity caricò la propria voce di una dolcezza stucchevole, sperando di allentare la tensione prima di attirare il genere errato di attenzioni. Rivolse a suo fratello un'occhiata eloquente. "È raro che una signora anche solo salga su un mezzo di trasporto senza l'aiuto di un gentiluomo. Cosa potremmo sapere dell'arte di gareggiare con esso?"

"Esattamente." L'orgoglio ripristinato, Wiltchurch voltò le spalle a Felicity e riprese la conversazione come se non avesse mai notato il suo arrivo.

"Razza di cretino," borbottò sottovoce lei.

Diana sorrise per solidarietà. "Non saprebbe riconoscere del sarcasmo nemmeno se esso lo colpisse in faccia."

"Pensavo che *Cole* lo avrebbe colpito in faccia," confessò Felicity.

"Questo è sicuro," le assicurò Diana. "E io gliel'avrei lasciato fare."

"Il mio desiderio di mantenere la pace mi perseguiterà fino alla fine dei miei giorni," disse sospirando Felicity.

Gli occhi di Diana brillarono. "Sappiamo entrambi chi, tra di loro, ha il calesse migliore… e perché."

Il pensiero avrebbe dovuto scaldare il cuore di Felicity. L'arrivo di Diana in famiglia aveva raddoppiato il numero di persone che conoscevano il suo segreto.

Ma ora, ciò non faceva che renderla triste.

Era *stanca* di dover nascondere le sue doti di meccanico. Stanca di dover fingere di essere troppo stupida per capire, troppo "perbene" per partecipare alla conversazione.

Suo fratello non sentiva la mancanza dei vecchi tempi. Felicity… beh, non le mancavano i morsi della fame, le notti fredde o l'incertezza interminabile, ma il giorno in cui i ragazzi più esperti alla fucina avevano smesso di vederla come un inutile peso e avevano cominciato a trattarla da pari?

Certo che le mancava.

Per un attimo, ciò che desiderava di più non fu mescolarsi alle altre signore, ma sfidare Silas Wiltchurch a una corsa in biga, davanti a tutti. Avrebbe potuto battere una lumaca come lui a occhi chiusi.

Ma non ne avrebbe mai avuto la possibilità.

"Hai già preso all'amo il pesce grosso?" chiese Diana, riferendosi a lord Raymore.

"Al prossimo ballo," mormorò di rimando Felicity. "A Dio piacendo."

Era profondamente grata per tutti i vantaggi che possedeva e sapeva cosa doveva fare per mantenerli.

Un'unione col marchese rappresentava molto più che un modo per assicurare il futuro dei suoi figli. Felicity non voleva che *nessun* bambino vivesse l'inferno che avevano passato lei e suo fratello. Quella non era vita. Era a malapena sopravvivenza. E ciò nonostante, altri non erano stati altrettanto fortunati.

Contrarre un buon matrimonio non era solo per lei. Era per tutti coloro che non avevano una via di fuga. Migliore sarebbe stata la posizione di Felicity, più lei avrebbe potuto aiutare gli altri. *Quello* valeva qualunque sacrificio.

Il suo primo atto come lady Raymore sarebbe stato creare opportunità e alloggi per bambini senzatetto o impoveriti, com'erano stati una volta lei e suo fratello. Cole faceva donazioni generose, ma era una persona sola. Felicity e suo marito sarebbero stati due persone in più. Hester Donnell aveva accettato di dare il suo appoggio alla futura fondazione di Felicity e di diffondere la voce anche tra le sue amiche. Con un po' di fortuna e lavorando duramente, Felicity e il suo potente marito avrebbero potuto dare inizio a un movimento.

Forse era impossibile salvare *tutti* i bambini, ma lei era disposta a morire nel tentativo.

Anche se ciò significava sopportare dei benpensanti spregiudicati come Silas Wiltchurch.

"Grazie a Dio," borbottò Diana quando Wiltchurch, finalmente, si levò di torno. "Ero stufa di trattenermi dal percuoterlo."

"Sono d'accordo," disse con trasporto Felicity, per poi rivolgersi a suo fratello. "Quand'è questa corsa così importante?"

"*Mai*," interruppe Diana prima che Cole potesse rispondere. "Non mi fiderei di Wiltchurch nemmeno se giurasse in punto di morte, la qual cosa non è poi un'immagine tanto brutta. Che corra contro altri pazzi come lui. Io voglio che tu rimanga tutto d'un pezzo."

"Ho già dato la mia parola di gentiluomo," protestò Cole. "Ieri sera, al Duca Malandrino, mi stavo vantando della biga che un certo maestro della meccanica ha personalizzato per me–"

"Prego," mormorò Felicity.

"–e prima che me ne rendessi conto, sei di noi avevano in programma una corsa all'alba, due settimane a partire da sabato."

"È come se tu non riuscissi a sentirmi," disse Diana. "Permettimi di fare un riassunto. La parola chiave era 'No.'"

"Ti ho sentita," le assicurò Cole. "E ho la soluzione perfetta. Il mio *veicolo* è in obbligo di presentarsi a Hyde Park all'ora prestabilita, ma non è necessario che sia *io* a tenere le redini. Il Re della Biga fa molto spesso così. Sono certo che sarà lieto di sconfiggere ancora una volta Silas Wiltchurch."

Il cuore di Felicity mancò un battito. Il "Re della Biga" era Giles Langford.

Talentuoso e intelligente, spericolato e minaccioso, Langford era un frustino molto famoso e un dio tra i carrozzieri. Si diceva che donne dai corpetti inumiditi affollassero Hyde Park all'alba per intravedere il bello spericolato che vinceva un'altra corsa, al solo scopo di svenire alla sua vista.

Non erano signore perbene, naturalmente. Per quanto le sarebbe piaciuto farlo, Felicity non aveva mai posato lo sguardo sul Re della Biga. Ciò nonostante, la reputazione dell'uomo parlava da sé.

"Langford potrebbe vincere con una mano legata dietro la schiena," concordò soddisfatta. "Con lui come tuo cocchiere e me come tuo–"

"Credo che questo sia il mio ballo," disse una voce perplessa alle sue spalle.

Felicity si voltò di scatto per vedere lord Raymore che attendeva con pazienza, un braccio teso… e il resto della pista da ballo già pieno di coppie appena formatesi.

"Certo," balbettò Felicity.

Avvampò nel prendere il braccio del marchese. Davvero era stata sul punto di dire *e me come tuo meccanico* ad alta voce nel bel mezzo della sala da ballo? Buon Dio. Doveva comportarsi meglio.

Trasse un respiro profondo e rilassante mentre Raymore la portava a unirsi agli altri per il primo valzer della serata. Quella Stagione poteva essere la sua ultima occasione. Doveva fare tutto nel modo giusto.

"Grazie per questo ballo," mormorò.

Il marchese sorrise. "Trovo sempre piacevole ballare con voi."

Era qualcosa, giusto? Un passo nella direzione giusta.

Il problema era che loro due avevano fatto gli stessi, ritmici passi una volta a settimana per tutta la Stagione. Dovevano vedersi al di fuori dell'occasionale sala da ballo per dare al loro corteggiamento la minima speranza di sbocciare nel matrimonio.

Il marchese non era la migliore occasione di Felicity. Era la sua *unica* occasione.

Se ciò significava suggerire la sua disponibilità a trasformare i loro intervalli settimanali di mezz'ora in qualcosa di più sostanzioso, pazienza.

Felicity guardò lord Raymore da sotto le sopracciglia e gli rivolse il suo sorriso più dolce e allettante.

"Sono sempre felice di condividere un ballo con voi," rispose. "Sarei lieta di vedervi più spesso. Se il tempo sarà bello anche domani, sarebbe splendido godersi il parco."

Ecco fatto. Diretta, ma – sperava – non *troppo*.

In ogni caso, le parole erano state pronunciate. Spettava a lord Raymore decidere dove esse li avrebbero portati.

"Oh," disse il marchese con una smorfia imbarazzata. "Temo che domani non sia possibile. Ho promesso di portare la signorina Corning a mangiare un gelato e a teatro."

Gelato.

Un'apparizione in pubblico nel palco privato di Raymore.

La giovane, bella signorina Corning, debuttante alla prima Stagione. Non Felicity. Ebbe un tuffo allo stomaco.

"Certo," mormorò. "Capisco."

Tanti saluti all'unico uomo che avrebbe potuto darle tutto ciò di cui lei aveva bisogno.

Giles Langford fischiettava uno spigliato motivetto irlandese mentre riordinava gli attrezzi appesi ai chiodi o disposti sugli scaffali posizionati in maniera strategica nella sua bottega. Pur avendo un debole per tutte le forge, la sua sarebbe sempre stata la sua preferita. Era cresciuto proprio lì, in quella stanza, accanto a suo padre, imparando tutto ciò che poteva.

Amici e clienti lo prendevano spesso in giro per il fatto che era il proprietario della fucina più pulita di tutta l'Inghilterra. Lui ignorava le loro battute. Non solo credeva nel motto *un posto per ogni cosa e ogni cosa al suo posto,* ma avrebbe sempre considerato quello spazio di proprietà al tempo stesso sua e di suo padre. Non avrebbe mai mancato di rispetto a suo padre non prendendosi cura di una proprietà di famiglia.

Quando l'ordine nella fucina fu di suo gradimento, Giles raggiunse Bambino, l'amato veicolo leggero al centro. Suo padre lo aveva aiutato a costruire quella biga. Avevano cominciato nutrendo un unico sogno e avevano finito con un'opera d'arte, frutto del lavoro delle loro mani.

Fino a quando non erano cominciati i tremiti e i movimenti involontari. Quando suo padre non era più riuscito a reggere gli attrezzi nelle mani tremanti, era stato costretto a guardare senza partecipare. L'uomo aveva giurato di essere altrettanto orgoglioso nel guardare ciò che suo figlio riusciva a fare da solo.

Giles aveva impiegato molto più a lungo ad abituarsi a lavorare senza suo padre.

Ma non lavorava da solo. Una fucina così impegnata aveva bisogno di artigiani abili a occupare ciascun ruolo specializzato. Inoltre, Giles manteneva quasi una dozzina di apprendisti; alcuni in maniera tradizionale, altri… meno.

Passò un'ultima occhiata sul tavolino apparecchiato con due brocche di limonata fresca e controllò l'orologio da taschino. Se conosceva bene i suoi polli, nel giro della mezz'ora successiva non sarebbe rimasta più una sola goccia.

"Signor Langford! Signor Langford!" Le grida furono accompagnate dal rumore di dozzine di piedi calzanti stivali che correvano tutti assieme nella fucina.

Giles sorrise in segno di benvenuto ai suoi sei giovani allievi, poi li indirizzò con un gesto verso ciò che volevano *davvero*: la limonata nell'angolo.

Mentre oltrepassavano la soglia della fucina, i sei ragazzi smisero di darsi di gomito e assunsero l'atteggiamento ostentatamente tranquillo dei maturi e responsabili apprendisti fabbri che speravano di diventare un giorno.

La maggior parte dei bambini che trascorreva del tempo nella fucina di Langford viveva nei paraggi, anche se alcuni venivano dalla vicina ladronaia di St. Giles. Il suo buon amico Hugh Tarleton era il parroco di una chiesa del posto e, occasionalmente, gli portava un ragazzo che aveva bisogno di passare del tempo facendo qualcosa che non fosse combinare guai.

Sebbene Tarleton dicesse spesso ai bambini che si trovavano alla presenza di un moderno Sant'Egidio[1], che aveva salvato tanti loro "fratelli", Giles non si sentiva particolarmente santo. Lui e i bambini si aiutavano a vicenda.

Con l'aumentare del giro d'affari e con l'allargamento della fucina, realizzato da Giles con l'acquisto delle proprietà confinanti, c'era spazio per più carrozze, più cavalli... e più apprendisti. Includere i ragazzi del vicinato gli era venuto naturale. Accoglierne qualcuno in più, proveniente dalla parrocchia di Tarleton, non era assolutamente un problema. Giles amava la compagnia.

Che i suoi allievi fossero di tutte le fedi e di tutti i colori non faceva che renderli più meravigliosi. I ragazzi non erano uniti da una provenienza comune. Erano uniti perché, una volta tanto, credevano tutti nel proprio futuro.

Dopo aver consumato fino all'ultima goccia della limonata nelle brocche, i ragazzi si asciugarono la bocca e presero posto al fianco dei loro artigiani di riferimento. Giles non riuscì a nascondere il proprio affetto nei confronti dei sei bambini dallo sguardo brillante che il vicinato aveva liquidato come casi disperati.

Sollevò lo sguardo alla vista di una carrozza che si fermava appena fuori dalle porte aperte della fucina. Quando vide lo stemma ducale sulla portiera, uscì per accogliere di persona il visitatore.

La portiera si aprì a rivelare uno dei lacchè del duca di Colehaven.

"Harris," disse calorosamente Giles. "Come state?"

"Molto bene, signor Langford." Il lacchè scese dalla carrozza. "E voi?"

"Non mi lamento," rispose Giles.

Era vero. Gli affari andavano straordinariamente bene e ogni anno portava più successo del precedente. Solo uno sciocco sentimentale avrebbe brontolato perché non aveva un socio con cui condividere tutto ciò.

L'insegna diceva *Langford*, come da trent'anni a quella parte. Suo padre aveva promesso di cambiarla in *Langford & Langford* una volta che Giles avesse ottenuto la sua prima commissione, dimostrando di conseguenza di essere degno di diventare socio a tutti gli effetti. Poi erano cominciati i tremiti. Giles era divenuto l'unico Langford alla fucina prima che lui o suo padre fossero pronti.

Giles non aveva bisogno di un socio, ricordò a se stesso. Gli ultimi quindici anni lo avevano dimostrato. Aveva fatto ben più che ottenere una singola commissione: la fucina era ora affiancata da una grande rimessa per le carrozze con tanto di scuderia, ed era divenuta per certe persone un luogo riverito quanto i giardini di Vauxhall o Kensington Palace.

Aver conseguito quei risultati da Langford unico avrebbe dovuto renderlo orgoglioso, non triste.

"Come posso esservi utile?" chiese a Harris.

Il lacchè gli porse un foglio piegato con un sigillo di cera. "Un messaggio da parte di Sua Grazia. Sarebbe gradita una risposta immediata."

Giles prese la lettera. Il duca di Colehaven era uno dei clienti più importanti della fucina. In primavera sarebbe caduto l'anniversario del loro primo incontro, quando Sua Grazia e un suo compare avevano fondato la taverna del Duca Malandrino vicino a Haymarket e ne avevano aperto le porte a tutti, indipendentemente dalla provenienza o dal ceto.

Avendo colto l'occasione per allargare la sua clientela al ricco mondo del *ton*, Giles aveva fucinato alcuni oggetti a titolo gratuito per conto di Colehaven, per dimostrare la velocità e la qualità del suo lavoro. L'azzardo aveva pagato. Con l'entusiasta sostegno di un duca giovane e popolare, l'importanza di essere uno degli stimati clienti di Giles era aumentata esponenzialmente da un giorno all'altro.

Qualunque fosse il favore chiesto dalla lettera ancora chiusa, Giles lo avrebbe fatto subito. Sebbene Sua Grazia non se ne rendesse conto, Colehaven aveva salvato la fucina dei Langford quando essa era stata sull'orlo del precipizio. Un debito del genere non avrebbe mai potuto essere ripagato del tutto.

Senza ulteriori indugi, Giles ruppe il sigillo.

· · ·

L angford,

La mia biga deve vincere una gara tra due settimane. Mi rendo conto che il preavviso è scarsissimo, ma vi prego, per cortesia, di informare il mio uomo se potreste visitare la mia rimessa oggi pomeriggio alle quattro in punto per una rapida ispezione del veicolo.

Colehaven

"*P er cortesia.*" Ecco un'altra differenza tra Colehaven e i suoi pari. Sua Grazia non mancava mai di trattare Giles come se il tempo di un carrozziere fosse prezioso quanto il suo.

"Naturalmente." Giles ripiegò la lettera. "Vi prego di riferire a Sua Grazia che mi presenterò alla sua rimessa alle quattro in punto, come da richiesta."

"Subito." Harris svanì senza indugi.

Giles si voltò verso la sua fucina e si fermò. I suoi artigiani e i loro laboriosi apprendisti erano al lavoro ai loro posti. Colehaven era uno dei loro clienti più preziosi. Dato che, al momento, non c'era bisogno di lui alla fucina, perché far aspettare Sua Grazia?

Bunyan, lo stalliere capo del duca, era un uomo allegro e amichevole, ed era amico del padre di Giles da ben prima che il duca attuale ereditasse il titolo. Sarebbe stato magnifico rivedere quel vecchiaccio.

Per non perdere troppo tempo, Giles prese un cavallo piuttosto che una carrozza e raggiunse

Grosvenor Square. Legò il cavallo a un paletto lungo lo stretto viale selciato dietro la villa e si incamminò verso i cancelli spalancati sul retro.

"Buon pomeriggio," chiamò mentre si avvicinava.

Nessuno venne ad accoglierlo, ma uno scalpiccio di passi fece capire che la sua presenza aveva creato una certa agitazione.

"Sei sicuro?" mormorò una giovane voce da dietro la carrozza più vicina.

"Sicurissimo," rispose una voce agitata. "Giuro che è il Re della Biga. È già stato qui in passato."

Giles nascose il sorriso e finse di non aver sentito. "Buon pomeriggio, ragazzi. C'è Bunyan?"

I ragazzi uscirono da dietro la carrozza con le guance rosse e gli occhi spalancati.

"B-Bunyan?" chiese uno.

"Dovrebbe arrivare tra un'ora," disse l'altro.

Con tanti saluti all'idea di offrire un servizio rapido arrivando in anticipo. Ma ora che Giles era lì, tornare a casa solo per poi fare dietrofront e ritornare indietro sarebbe stato un ridicolo spreco di tempo. Tanto valeva dare un'occhiata alla carrozza in modo da avere il rapporto pronto per Bunyan quando l'uomo sarebbe arrivato, alle quattro.

"Sono qui per ispezionare la biga," disse agli stallieri. "Vi dispiace se comincio?"

I ragazzi si scambiarono occhiate dubbiose.

Solo allora Giles ricordò che Colehaven era particolarmente pignolo riguardo all'orario preciso dei suoi appuntamenti. Era un tratto bizzarro, considerato che metà del *ton* era a malapena sveglia alle tre del pomeriggio e difficilmente si curava di spaccare il minuto.

"La b-biga?" chiese uno dei ragazzi. "Non la carrozza?"

"La biga," gli assicurò Giles, indicando col dito. "Quella lì."

E tuttavia, gli stallieri dagli occhi spalancati continuarono a frapporsi tra lui e i mezzi di trasporto ducali, come se non fossero certi se pregare il Re della Biga di concedere loro un autografo o impedirgli l'ingresso.

Dei due risultati, l'ultimo sarebbe stato il più sorprendente. Quella non era la prima visita di Giles. Poteva vedere la dannata biga da lì ed era stato chiamato per lavorarci su. Quale diavolo era il problema?

"Ci vorrà solo un momento," promise agli stallieri. "Mi basterà dare un'occhiata veloce, per capire se il veicolo ha bisogno di qualcosa di più di un'ispezione di routine."

Uno sbuffo risuonò da qualche parte nella rimessa.

Giles si guardò attorno stupito, ma vide solo gli stallieri. Si accigliò. Lo strano suono doveva essere stato uno scherzo del vento.

Fece un passo nella direzione della biga del duca.

Tutti e tre gli stallieri lo seguirono immediatamente, come anatroccoli che zampettavano dietro alla madre.

"Lo avete fatto davvero?" chiese il più vicino con un filo di voce. "Avete davvero tagliato il traguardo prima che il signor Wiltchurch arrivasse a metà di Rotten Row?"

Giles trattenne un sorriso soddisfatto. Non bisognava vantarsi delle vittorie, anche se lo sconfitto era solito riferirsi a lui come a "nient'altro che uno stramaledetto fabbro" o a "un villano arrogante."

"Proprio così," ammise mentre raggiungeva la biga del duca. "È il signor Wiltchurch l'avversario di Sua Grazia?"

I ragazzi annuirono all'unisono.

Il petto di Giles si alleggerì. *Ottimo.* Colehaven e la sua biga erano più che all'altezza di un saputello avventato come Wiltchurch. Giles estrasse una chiave inglese dalla sua borsa di cuoio e cominciò a controllare che ogni bullone fosse ben saldo.

Gli stallieri continuarono a tallonarlo.

A Giles, la cosa non dispiaceva. Anche lui, un tempo, era stato un ragazzo inesperto, ansioso di assimilare esperienza e saggezza. Sognando di avere, un giorno, un mezzo di trasporto suo.

Le condizioni dei veicoli di proprietà del duca non erano seconde a nessuno. Durante tutte le ispezioni della rimessa che Giles avesse mai fatto, non aveva mai trovato un assale allentato, un bullone mancante, una molla male installata o anche solo una punta di ruggine. Ciascuno dei veicoli era sempre in condizioni impeccabili.

Quel giorno non faceva eccezione. La biga da corsa del duca era in condizioni talmente immacolate che si sarebbe potuto pensare che fosse stata oggetto delle attenzioni di un maestro artigiano pochi istanti prima che Giles entrasse dalla porta.

Ciò nonostante, lui passò comunque in rassegna tutti i dettagli importanti del suo elenco mentale. Non passava giorno senza che dozzine di incidenti intasassero le strade già congestionate. La sicurezza era la priorità numero uno di un carrozziere.

"Vedete questo accoppiamento?" chiese ai ragazzi mentre si infilava sotto la biga per mostrarglielo. "Il motivo per cui lo si controlla sempre…"

I ragazzi lo seguirono con entusiasmo mentre lui spiegava, tempestandolo di domande e di esclamazioni. Entro breve, lui e gli stallieri si erano piegati e si erano trascinati gattoni fino al lato opposto della biga.

Giles rimise i suoi attrezzi nella borsa di cuoio e si voltò verso i ragazzi entusiasti. "Ora concentriamoci sulle ruote, per dare una buona occhiata a–"

Un gran bel paio di caviglie.

Giles esitò e guardò nuovamente.

Stivaletti eleganti. Un accenno di pizzo. E due splendide caviglie. Infilate sotto un'imponente carrozza. A malapena visibili da dietro il terzetto di stallieri. Quasi come se questi si fossero piazzati nella posizione perfetta per bloccare la visuale sul telaio della carrozza.

Quasi…

Come se…

Giles si voltò verso i ragazzi. "C'è una donna nella vostra rimessa."

"No," disse senza esitazione il primo ragazzo. "Assolutamente no."

Gli altri scossero la testa con altrettanta fermezza. "Niente donne qui."

"Certo che c'è." Per quanto sciocco si sentisse nel dirlo, Giles non poteva negare l'evidenza di fronte ai suoi occhi. Stivaletti da donna, caviglie femminile, un bordo di pizzo attaccato a quelle che sembravano delicate pantalette. Non c'era bisogno di un ispettore di Bond Street per fare due più due. Giles indicò tra una spalla e l'altra dei ragazzi. "Guardate laggiù! C'è una donna nascosta sotto la carrozza principale del duca."

I ragazzi si scambiarono un'occhiata prima di scuotere la testa con fervore ancora più grande. "Le donne non possono entrare qui."

Giles si accigliò. Se i ragazzi la stavano coprendo, la donna non doveva avere il permesso di trovarsi lì. Il che significava... che cosa? Che degli stallieri dodicenni erano collusi con una pazza intenta... al furto? Al sabotaggio? Non finché c'era lui.

"Allora cosa diavolo ci fa sotto la carrozza?" Giles si fece largo a spintoni tra i ragazzi e si accovacciò accanto alla carrozza.

Da quell'angolazione, non riusciva a vedere la donna in viso.

"Venite fuori da lì," ordinò.

La donna non si mosse.

Giles lanciò un'occhiataccia ai tre ragazzi pallidi in viso. "Se il duca di Colehaven dovesse scoprire che avete permesso a una sconosciuta di intrufolarsi nella sua rimessa..."

Tutti e tre i ragazzi arrossirono all'unisono.

"Non è una sconosciuta," farfugliò uno.

"Il duca lo sa già," disse tutto d'un fiato un altro.

"Oh, per amor di..." Borbottando un'imprecazione spaventosamente poco signorile, la proprietaria delle belle caviglie e delle pantalette di pizzo uscì da sotto la carrozza di famiglia del duca di Colehaven.

Stupefacenti occhi scuri lo fulminarono da uno splendido viso a cuore. Spirali setose di capelli castano scuro scendevano da un berretto storto e macchiato d'olio. L'abito ben confezionato avrebbe potuto reggere il confronto con qualunque abito da giorno dell'aristocrazia... se non fosse stato per gli orli spaventosamente sfilacciati, per i buchi non rattoppati e per la notevole collezione di macchie di grasso, sufficienti a nascondere qualunque motivo avesse decorato un tempo il tessuto.

Una mano impolverata stringeva la maniglia di una borsa di cuoio liso non molto diversa da quella di Giles. Nell'altra mano non guantata c'era una grossa chiave inglese di ferro.

A giudicare dall'espressione sul suo viso, la donna era pronta a usare la suddetta chiave inglese come arma o come attrezzo a seconda dei casi.

E lui aveva creduto che la sua presenza fosse misteriosa? Ora, essa era un vero e proprio enigma.

"Chi *siete* voi?" mormorò.

"Una stalliera," disse bruscamente la donna,

come se quelle due parole rispondessero anche solo lontanamente a tutte le tacite domande di Giles.

"Una stalliera?" ripeté lui, assaporando le parole non familiari mentre gli uscivano di bocca.

"Non è difficile. Stallier*i*..." La donna indicò i tre ragazzi con l'estremità della chiave inglese, poi la usò per indicare il proprio petto. "Stallier*a*. Ecco fatto. Fine delle presentazioni. Buona giornata."

"Ma..." Giles si voltò verso i ragazzi, quasi aspettandosi un coro di proteste del tipo: *Nossignore, assolutamente no, non ci sono stalliere qui.*

Invece, i ragazzi lo fissarono con gli occhi spalancati e i visi cinerei, come se il loro più grande e intenso desiderio fosse tornare indietro nel tempo e non permettere a Giles di ispezionare la biga del loro padrone.

Giles si voltò di nuovo verso la Stalliera. Se quello era il suo luogo di lavoro, lui non aveva alcun diritto di interferire. D'altro canto, se quello era il suo luogo di lavoro, gli stallieri non avrebbero avuto alcun motivo di mentire riguardo alla sua presenza o alla sua funzione.

C'era sotto qualcosa. Giles strinse gli occhi, insospettito. Stimava troppo Colehaven per chiudere un occhio di fronte a comportamenti sospetti.

"Cosa ci fate voi qui?" chiese.

La donna rimise la chiave inglese nella borsa, come se fosse già stufa di quell'incontro. "Volete mettermi alla prova, o grande e potente Re della Biga?"

Assolutamente sì. Quella donna era bella, ribelle e affascinante, e lui l'aveva vista gattonare fuori da sotto una carrozza con una chiave inglese in mano. Il duca aveva tutto il diritto di sapere se qualcuno si era introdotto nella sua proprietà.

Giles aprì la bocca.

La donna sospirò e cominciò a indicare a destra e a manca con l'indice. "Barroccio, landau, cabriolet, diligenza e biga modificata."

Un trucco non malaccio. "Molte persone–"

"Sanno indicare i nomi e le tipologie dei mezzi di trasporto? Molto bene. Vediamo quali sono i componenti di un veicolo moderno." Ciò detto, la donna cominciò a elencare le parti del barroccio più vicino, dal tettuccio ripiegabile fino all'ultimo dei bulloni.

Giles serrò di scatto la bocca. Aveva visto apprendisti che non avrebbero saputo nominare la metà dei componenti di una carrozza, figurarsi spiegare la funzione di ciascun pezzo.

"Non è sufficiente?" chiese la stalliera con innocenza fasulla. Prese martello e scalpello dalla borsa e si voltò verso la biga che Giles aveva ispezionato. "Smontiamo e rimontiamo questa. Comincerò da–"

"E così, voi siete una stalliera," disse frettolosamente Giles, interrompendola prima che la preziosa – e, sì, discretamente modificata – biga del duca finisse in mille pezzi sul pavimento coperto di segatura.

Anche se un evento tanto sconvolgente sarebbe costato il lavoro a entrambi, parte di Giles avrebbe voluto poterle permettere di farlo, solo per vederla lavorare.

"Perché non avete semplicemente detto che lavorate qui?" Si toccò il cappello, per far capire che veniva in pace e che non aveva cattive intenzioni. "Sono Giles Langford."

La giovane inarcò le sopracciglia. "Lo so."

Giles attese.

Lei non disse nulla.

Giles si schiarì la voce. "E voi siete…?"

"Una che non ha voglia di rispondervi," rispose dolcemente la donna.

Non era affar suo sapere come si chiamasse, ricordò a se stesso Giles. Era lì per parlare a quel vecchio brontolone di Bunyan, non a una stalliera impertinente… che… conosceva tutti i veicoli in quella rimessa fino all'ultima vite?

"Siete *voi*," si rese conto all'improvviso.

La nonchalance svanì di colpo dagli occhi della donna, facendo sì che la sua espressione giocosa venisse sostituita da una sospettosa. "Chi sarei io?"

"Siete la persona che ha mantenuto i veicoli di Colehaven in condizioni impeccabili." Bunyan era una persona piacevolissima, ma ormai non era più arzillo. Giles dava per scontato ormai da tempo che il vecchio avesse un apprendista o due. Semplicemente, non si era aspettato di fare in quel modo la conoscenza dell'apprendista in questione.

La Stalliera tentennò. L'accenno di un sorriso curvò un'estremità delle sue labbra rosa scuro. "Avete ragione. Sono io."

"Potreste insegnare agli uomini degli altri miei clienti un po' di questo buonsenso?" chiese Giles. "Dovrebbero assumere tutti delle stalliere, se sono competenti anche solo la metà di voi."

Il mezzo sorriso sbocciò in un sorriso completo e l'intera rimessa fu trasformata da tanta bellezza.

"Non mi sognerei mai di rubare lavoro al Re della Biga," gli assicurò lei con un sorriso impertinente, per poi infilarsi sotto la carrozza e svanire alla vista.

Giles ignorò l'impulso di seguirla.

Un conto era stato intromettersi quando aveva creduto che la donna stesse combinando qualcosa di sinistro. Giles non era stupido al punto da impedire a una stimata dipendente di svolgere il proprio dovere. Invece che stanare un'intrusa, sarebbe stato lui a venire cacciato.

Ma se l'avesse conosciuta in un luogo diverso dalla rimessa di un cliente... Giles scosse la testa. Non stava cercando l'amore, né lì né in altri luoghi. E poi, aveva visitato quella rimessa per un decennio senza mai incrociare la signorina Stalliera. Sarebbe potuto passare un altro decennio prima che le loro strade si incrociassero nuovamente.

"Langford," disse una familiare voce maschile dalla parte opposta della carrozza. "Buon pomeriggio."

Colehaven! Giles si voltò verso il suo cliente e rimase di stucco nel vedere un gattino scendere dalla spalla del duca.

"È davvero una bella giornata. Bella quasi quanto la vostra biga." Giles indicò al suo fianco. "Non sono certo di essermi guadagnato la pagnotta. Tutte le volte che controllo uno dei vostri mezzi, è sempre in ottime condizioni."

"Questo non è sufficiente," rispose Colehaven,

con una serietà lodevole considerato il fatto che ora il gattino gli stava leccando allegramente un orecchio. "La mia biga deve essere la migliore. Devo vincere una corsa."

"Siete un ottimo pilota," disse onestamente Giles.

"Grazie." Il duca si tolse il gattino di dosso e se lo portò al petto. "Ma non sarò io a tenere le redini. Speravo di ingaggiare *voi* a tale scopo."

"Assolutamente," rispose senza esitazione Giles. "E non dovete temere. Ho vinto tutte le gare in cui ho preparato personalmente il mio veicolo."

"Questa volta," disse il duca, mentre il gattino gli massacrava il fazzoletto da collo, "lavorerete in squadra."

"Come?" disse stupito Giles.

"In squadra," ripeté il duca. "Col mio artigiano meccanico a occuparsi degli aspetti tecnici e voi ad affrontare la corsa vera e propria, non c'è altra possibilità che la vittoria."

"Non c'è altra possibilità," disse Giles, "sotto un aspetto importante: *io* sono il carrozziere e l'uomo che terrà le redini. Di conseguenza, *io* mi occuperò degli aspetti tecnici. Vincerò la corsa per voi, ma lavoro da solo."

"Fino a questo momento," confermò il duca, allontanando il gattino dal fazzoletto rovinato. "Langford, voglio che conosciate la vostra nuova partner."

Per un singolo, irreale istante, Giles temette che il duca si stesse riferendo al gatto.

Ma poi la Stalliera emerse da dietro la carrozza del duca e il mondo si inclinò ancora di più.

Giles si schiarì la voce. Quella era una distrazione che non poteva permettersi. "Sebbene io non dubiti delle capacità della vostra signora meccanico–"

"Non 'signora meccanico,'" lo interruppe il duca. "Lady Felicity. Mia sorella."

Giles rimase di stucco.

La Stalliera sorrise.

"Voi mi state prendendo per i fondelli." Giles fece un passo indietro, incredulo. La Stalliera era la *sorella* del duca?

"Assolutamente no," gli assicurò il duca. "Anzi, ci sono diverse nuove regole che mi aspetto che vuoi seguiate."

"Niente regole," disse subito la signori– ehm, lady Felicity.

Colehaven ignorò l'interruzione. "Nessuno conosce i miei veicoli meglio di mia sorella."

Giles aprì bocca.

"Nemmeno voi," disse il duca, mentre il gatto si teneva aggrappato con gli artigli al suo gilet. "Qualunque osservazione da parte di Felicity, per quanto minima, andrà trattata con immediata e profonda considerazione."

Giles aprì la bocca ancora di più.

"Nel corso di questo temporaneo rapporto di lavoro," proseguì il duca, senza interrompersi, "dovrete trattarla come una pari."

"Il vostro meccanico è di rango superiore al mio," osservò Giles. "È *lady* Felicity."

La sua mente ancora non era arrivata a comprenderlo del tutto.

"Non in quel senso," disse Colehaven. "*Vostra*

pari. Il suo intuito e la sua intelligenza andranno trattati con lo stesso rispetto che portereste all'uomo che vi ha insegnato tutto ciò che sapete sui veicoli."

"Ho cambiato idea," disse lady Felicity. "Mi piacciono le tue regole."

A Giles non piacevano. Anche se avesse cercato di seguirle alla lettera, nessuno sarebbe mai stato alla pari di suo padre. Era quello il vero motivo per cui non voleva prendere in considerazione l'idea di un socio. Non aveva mai conosciuto nessuno le cui capacità fossero all'altezza. Serrò le dita.

Aveva cominciato a lavorare sulle carrozze quando era stato grande abbastanza da gattonare dietro a suo padre nella fucina di famiglia. Giles condivideva con le carrozze ogni momento di ogni giorno. La sua non era una passione. Era un'ossessione. Un modo di essere straordinario.

E dopo che lui aveva lavorato per tutta la vita per diventare il migliore nel suo settore, una ricca debuttante si aspettava di fargli da maestro?

Serrò i denti in preda alla frustrazione.

"Poi." Il duca si rivolse alla sorella. "Felicity."

"Non credi che quelle regole siano sufficienti?" chiese la giovane. "Di sicuro bastano."

"Ce ne sono altre due," disse Colehaven, senza sorridere. "Non ci saranno altri progetti. Dopo questa corsa, lascerai la metallurgia ai fabbri e l'alta società alle signore dell'alta società."

"Cioè a me," disse senza rancore la donna. "Io sono una signora dell'alta società. Hai ragione. È quello il futuro che desidero, nonché l'unica competizione che dovrei cercare di vincere. Questa corsa sarà il mio canto del cigno."

Lady Felicity non aveva l'aspetto di una signora dell'alta società. Aveva l'aspetto di un guaio. Morbidi capelli scuri, grandi occhi marroni, un pesante piede di porco...

"Per ultimo." Il duca guardò accigliato Giles. "In nome del nostro lungo rapporto, confido che manterrete il segreto di mia sorella. Se doveste anche solo accennare sottovoce la verità a chiunque altro, o la trattaste in maniera diversa da come trattereste un collega rispettato..." Lo sguardo di Colehaven si fece assassino. "Io vi distruggerò."

Offeso, Giles raddrizzò di scatto le spalle. "Sono un professionista e so comportarmi come tale, Vostra Grazia."

"Splendido." Il duca cercò, senza successo, di staccare il gattino da quello che un tempo era stato un occhiello elegante. "In cambio del vostro tempo, dei vostri sforzi e della vostra ineguagliabile esperienza coi veicoli, riceverete un assegno da cento sterile. E altre duecento per la vostra discrezione permanente riguardo alla vostra cordiale società temporanea con mia sorella."

Un socio temporaneo.

Due brevi settimane.

Trecento cocuzze.

"Accetto," disse a fatica Giles. Vedersi dare ordini dai suoi "superiori" era fastidioso. Ma per quella cifra avrebbe ingoiato l'orgoglio e permesso a quei due di trattarlo come "un semplice fabbro" per le due settimane a venire.

Anche se per lui sarebbe stato terribile.

"Quanto hai scommesso?" mormorò lady Felicity a suo fratello.

"Non è una questione di denaro," mormorò di rimando il duca. "La cosa importante è la *vittoria*."

"Vincerai," gli assicurò lady Felicity, per poi rivolgere lo sguardo scintillante e le labbra piene nella direzione di Giles. "*Vinceremo*."

"Lo so," si limitò a dire il duca. "Voi due siete i migliori. E ora siete soci."

Temporaneamente soci. Per quattordici giorni a partire da quel momento.

Giles rilassò le spalle. "Potrete offrire tutte le opinioni che desiderate, ma niente interferenze dirette."

Lady Felicity scosse la testa. "Casa mia, regole mie."

"Nella rimessa," disse con pazienza Giles, "vigono le *mie* regole."

La giovane incrociò le braccia. "La rimessa è mia."

"È la rimessa di *vostro fratello*," le ricordò lui. "I cavalli sono di vostro fratello, la biga è di vostro fratello, e la vita che verrà messa a rischio durante la gara è la *mia*. Mi accerterò personalmente che il veicolo rimanga in condizioni perfettamente funzionali."

"Non basta." Lady Felicity toccò con le punte delle dita uno dei perni dell'asse. "Cole vuole solo vincere la sua scommessa. *Io* credo che noi potremmo superare le aspettative di tutti. Se cambiassimo queste chiavi con—"

"Volete modificare una biga già perfetta?"

chiese incredulo Giles.

Lady Felicity sollevò il mento. "Voglio renderla ancora migliore."

"Se non funzionasse, dovremmo ricominciare tutto da capo," osservò Giles. "E se non ne avremo il tempo, perderemo la gara."

"Funzionerà," insistette lei. Come se il fatto di essere donna facesse sì che qualunque suo sogno diventasse automaticamente realtà.

"È una pessima idea," disse Giles in tono piatto. "La risposta è no."

"Sembra che voi due ve la caviate bene," disse in tono frizzante il duca mentre apriva la porta che dava accesso alla casa e cercava invano di togliersi il gattino dalla spalla. "Fate il vostro miracolo."

Ciò detto, lui e il gattino che gli penzolava dal colletto sparirono.

L'ampia e spaziosa rimessa delle carrozze parve all'improvviso chiusa e soffocante, come se Giles e lady Felicity non si trovassero in una grande stanza aperta, quanto piuttosto intrappolati in una minuscola teca di vetro. Giles deglutì. La donna era lontana da lui, ma gli pareva comunque abbastanza vicina da poterla toccare. Era un pericolo.

Giles riusciva a sentire un vago profumo di lavanda, come se lady Felicity avesse fatto un bagno profumato un attimo prima di recarsi nella sporca rimessa. Chissà se il profumo proveniva dalla sua pelle o dai suoi capelli. Giles era profondamente grato che lei non fosse abbastanza vicina da permettergli di scoprirlo.

La giovane prese la borsa di cuoio liso che aveva appeso a un chiodo e se la mise a tracolla.

Senza dire un'altra parola, raggiunse la biga e cominciò a svolgere la stessa identica ispezione metodica che Giles aveva cominciato quando aveva creduto di essere in attesa di Bunyan.

Giles non riuscì a non rimanere colpito.

"Siete molto metodica," disse controvoglia mentre la seguiva lungo ciascun passaggio dell'ispezione.

Erano accovacciati spalla a spalla dietro il singolo assale della biga, all'apparenza per verificare le condizioni dei biscottini e delle balestre.

Per puro caso, Giles colse l'occasione per avere conferma che il profumo alla lavanda proveniva dai morbidi capelli scuri di lady Felicity.

Una collega rispettata, ricordò a se stesso. La minaccia del duca di rovinarlo non era vana. Il sostegno di Colehaven aveva aumentato la popolarità della fucina Langford. Il biasimo di Colehaven avrebbe potuto rendere la fucina di Giles *im*popolare con altrettanta rapidità.

Lady Felicity voltò la testa verso di lui. Quando lo sguardo degli occhi della giovane incrociò il suo, gli angoli formarono delle piccole rughe e lui avrebbe potuto giurare che le loro belle iridi luccicassero, anche in ombra.

"Non posso certo essere il socio peggiore che ci sia. Avete detto per anni che le carrozze di Cole erano sempre tenute nelle migliori condizioni che aveste mai visto," disse la donna. "Solo, non sapevate che ero io a occuparmene."

"Chi ve lo ha riferito?" chiese stupito Giles. "Bunyan?"

"Lo avete fatto voi, proprio ora." Lady Felicity non si curò di celare la propria risata.

In risposta, lui sorrise riluttante. La giovane aveva parzialmente ragione. Non importava quando denaro suo fratello lanciasse nella loro direzione, Giles e lady Felicity non sarebbero mai stati davvero soci, nemmeno per due settimane.

Con suo stupore, tuttavia, lui si chiese se forse non si sarebbero divertiti comunque.

"La cosa vi turba?" chiese lady Felicity.

Giles sfece una smorfia. "Lavorare con un socio?"

"Lavorare con *me*." Lady Felicity si tormentò le gonne, come se si vergognasse della loro presenza. "Un meccanico donna."

"Non mi importa del vostro sesso," rispose onestamente lui.

Giles aveva trascorso anni a farsi un nome come l'esperto più importante di Londra. Venire assegnato come fabbro domestico al fratello minore di un signorotto, invece che alla sorella, non lo avrebbe infastidito di meno.

Con suo orrore, gli occhi di lady Felicity si fecero improvvisamente lucidi.

"Non si piange nella rimessa," balbettò allarmato. "Non è una delle regole di vostro fratello?"

"Probabilmente." La giovane gli rivolse un sorriso sghembo. "È solo che… se davvero non vi importa del mio sesso, sarebbe la prima volta."

"Se dovessi scegliere un socio temporaneo," la

informò Giles, "tra voi e vostro fratello, probabilmente sceglierei… il gatto."

Una risata sfuggì a lady Felicity, che gli diede una spallata. "Bugiardo."

"Mi avete scoperto." Giles si alzò in piedi per ripristinare la distanza di sicurezza. "A essere onesti, è una bella sorpresa avere un cliente che sa di cosa sta parlando. E sì, voi siete la prima artigiana donna che io abbia mai conosciuto."

"Non per molto," mormorò la giovane mentre si alzava in piedi.

Giles inarcò le sopracciglia. Per caso, le debuttanti avevano deciso di sostituire gli acquerelli con le chiavi inglesi?

"Ce ne sono altre?"

"Ce ne saranno di meno," lo corresse lei, gesticolando a indicare la rimessa. "Quando mi sposerò, dovrò rinunciare a tutto questo e diventare la padrona di una grande casa. Non avrò tempo per armeggiare." La donna si morse il labbro. "Non che una donna sposata si sporcherebbe le mani, anche avendone il tempo. E io non ne avrò. Sarò troppo occupata."

"Occupata dall'eleganza?" chiese sarcastico Giles.

Lady Felicity incrociò le braccia. "Elegante non significa *peggiore*."

Ma nemmeno *migliore*. Ma la vita e la scelta appartenevano a lei. E poi, Giles non c'entrava nulla.

"Concentriamoci sulla biga," suggerì. "Non ha senso preoccuparsi per il futuro."

"Il futuro è tutto quello a cui penso," mormorò la giovane.

Giles non riusciva a immaginare un modo peggiore per sprecare il tempo. "Siete preoccupata per la gara?"

"No." Lady Felicity si levò un ricciolo dalla fronte. "So che la carrozza di Cole sarà la più veloce. Temo per il corso che prenderà la mia vita in seguito. Perché? *Voi* siete preoccupato per la gara?"

"No." Finché rimaneva concentrato sul lavoro. "So che sarò il conducente più veloce, ma soprattutto, mancano due settimane alla gara. Preoccuparsene ora non serve a nulla. È meglio rilassarsi e godersi il momento."

Giles non sapeva esattamente chi dei due si fosse avvicinato all'altro – o se lo avessero fatto entrambi – ma all'improvviso fu decisamente consapevole del fatto che le morbide labbra rosa di lady Felicity non erano molto lontane dalle sue.

"E cosa sta succedendo nel momento?" chiese a bassa voce la donna.

Una gigantesca distrazione quando lui aveva bisogno più che mai di mantenere la concentrazione. E la professionalità. E una distanza di sicurezza molto maggiore dalla sorella del duca di Colehaven.

"Nulla," disse, tanto per mettere in guardia se stesso quanto per ricordare a lady Felicity come stavano le cose. "Questa è una soluzione temporanea. Presto, voi sarete col vostro futuro ed elegante marito."

La cui enorme casa lei aveva intenzione di governare al costo di sopprimere i propri interessi e il proprio talento per il resto della sua vita.

"Lo spero," ammise lady Felicity un istante

dopo. Le sue spalle si curvarono. "Di recente ho avuto un piccolo inconveniente, ma sono sicura che riuscirò a sistemare tutto per il meglio."

Ah. Dunque, il futuro ed elegante marito non era un sogno nebuloso, ma un uomo in carne e ossa. Un individuo noioso, sostenuto e pretenzioso che richiedeva una donna altrettanto noiosa, sostenuta e pretenziosa come moglie.

Giles non riuscì a non provare delusione per il fatto che la donna che aveva conosciuto nelle vesti di Stalliera fosse disposta ad accettare una sorte del genere senza combattere. Aveva sperato che lady Felicity avrebbe dimostrato più carattere.

"Non potreste trovarvi un riccastro che abbia spazio, nella sua rimessa, per una moglie con la passione per la meccanica?"

Lady Felicity gli rivolse un'occhiata compassionevole.

"Avrei dovuto aspettarmi che *voi* non avreste capito," disse sospirando. "Dalle signore ci si aspetta un comportamento femminile. Ci sono infinitamente più regole di quante voi immaginiate. Non avrò un futuro ed elegante marito, né diventerò una padrona di casa, se non sarò perfettamente conforme alle aspettative."

Il tono di voce di lady Felicity era insopportabile. Avrebbe dovuto aspettarsi che *lui* non avrebbe capito. Giles non era altro che un umile fabbro, che svolgeva un volgare lavoro manuale e conduceva una triste esistenza plebea. Con l'eccezione dei gloriosi momenti in cui la sua illustre clientela si degnava di parlare con lui e gli permetteva di occuparsi delle loro carrozze.

Giles, dal canto suo, sapeva benissimo cosa *lui* le avrebbe suggerito di fare con le sue altezzose regole e le sue arie di grandiosità.

"Sono queste le cose più importanti?" chiese ostentando cordialità. "Ricchezza e status a tutti i costi?"

"A *qualunque* costo," confermò fervente la giovane. "A Dio piacendo."

Le labbra di Giles si arricciarono. Aveva creduto che lei fosse diversa dalle altre. E forse lo era davvero. Ma non voleva esserlo. Sforzarsi di diventare una copia di tutte le altre altezzose aristocratiche era molto peggio che nascere superficiali e untuose. Quella era una *scelta*. Era quello il genere di vita che lei voleva vivere.

Giles era felice che la loro collaborazione involontaria avesse una scadenza. Anzi, c'erano ben poche ragioni per cui le loro strade dovessero congiungersi. Avevano lavorato in coppia su quelle carrozze per anni senza conoscersi mai. E, considerato ciò che ora lui sapeva di lei, la cosa migliore da fare era tornare a essere due sconosciuti.

"Passerò tutti i pomeriggi a quest'ora per tenere d'occhio la biga," disse Giles, nel tono più neutro possibile. "Sentitevi libera di lasciare i vostri suggerimenti in forma scritta, nel caso preferiate evitare di vederci personalmente."

"Grazie per l'idea," disse la giovane dopo una brevissima pausa.

Ecco fatto. Non era necessario che la loro "società" temporanea avesse la minima influenza sulle loro vite.

CAPITOLO 3

Il mattino dopo, aveva appena albeggiato quando Felicity percorse a grandi passi il corridoio scuro che conduceva dalla casa alla rimessa. Il tentativo di dimenticare l'evidente congedo da parte del Re della Biga non aveva avuto altro risultato che una notte insonne mentre le loro ultime parole continuavano a ripetersi nella sua mente.

Sollevò il chiavistello e spalancò la porta. Un polveroso raggio della luce del primo mattino entrò in corridoio, accompagnato da una folata di fresca aria primaverile. Di solito, Felicity oltrepassava con entusiasmo la soglia e si dirigeva subito verso una delle carrozze.

Quel giorno, rimase ferma dov'era.

Per quanto amasse l'opulenza della villa di città, la rimessa delle carrozze era il luogo in cui si era sempre sentita più a casa sua. Avrebbe dovuto essere il suo posto personale, il suo rifugio segreto, e lo era stato… fino a quando Cole non aveva invitato un usurpatore. L'insopportabilmente arrogante, fortemente attraente, *lavoro-da-solo* Giles Langford.

Più che mai, Felicity avrebbe voluto avere una camicia e dei robusti pantaloni da uomo, e un berretto di lana sotto cui ficcare i capelli. Rimpianse che Cole le avesse proibito gli abiti maschili. In una rimessa, si sentiva ancora più a suo agio vestita da uomo che da donna. I suoi delicati stivaletti in pelle di capretto sembravano incollati alla pietra, incapaci di calpestare la segatura.

"Buongiorno," disse uno stalliere di passaggio. "Andate alle corse?"

La nuca di Felicity si scaldò. Lei uscì dal corridoio e si chiuse la porta alle spalle.

"No," si affrettò ad assicurare al ragazzo. "Oggi lavorerò su-" Felicity si interruppe, ripensò alle parole dello stalliere e strinse gli occhi. "Quali corse?"

"Le corse," rispose il ragazzo, gli occhi che brillavano. "Di solito, non cominciate a lavorare prima della tarda mattinata, per cui immaginavo che il motivo per cui siete scesa all'alba fosse vedere chi vincerà."

Il fatto che ci fossero delle corse all'alba poteva significare soltanto che dei ricchi gentiluomini avevano deciso di scommettere sul cavallo più veloce o sul carro più leggero in Hyde Park.

Felicity non aveva mai partecipato. Passatempi del genere non erano aperti alle signore rispettabili, anche se l'abbigliamento giusto e l'ora sarebbero stati una copertura sufficiente.

Ma lei aveva cose migliori da fare. Come dimostrare a Giles Langford che era assolutamente competente quanto lui.

"Chi credi che vincerà?" chiese allo stalliere.

Il giovane le rivolse un'occhiata perplessa. "Il Re della Biga, naturalmente. Cosa non darei per guardarlo in azione."

A giudicare dal modo in cui quel soprannome veniva pronunciato di continuo nella rimessa, se il fratello di Felicity non avesse stipendiato generosamente i suoi stallieri, tutti loro in quel momento avrebbero affollato Rotten Row nella speranza di intravedere Giles Langford.

E se il battito accelerato del cuore di Felicity voleva dire qualcosa, una minuscola – d'accordo, una *grande* – parte di lei la trovava un'ottima idea. Alla fine, cedette alla tentazione.

"Vieni," disse mentre afferrava un ampio pellicciotto e un cappello di paglia da un cesto in un angolo. Teneva sempre delle monete in tasca, per le emergenze.

Il ragazzo le corse dietro. "Dove andiamo?"

"A fermare una vettura pubblica," rispose Felicity mentre l'orlo flessibile del malridotto cappello scendeva a coprirle il viso. Era perfetto.

"Una vettura?" Il ragazzo indicò alle proprie spalle. "Avete sette carrozze diverse."

"Sono di proprietà di Colehaven." Sebbene Felicity fosse solita guidare le numerose carrozze di suo fratello col favore dell'oscurità, ormai era mattina e non poteva rischiare di essere riconosciuta. Percorse a passo rapido il vicolo che conduceva alla strada principale e tese un braccio per fermare una vettura di passaggio. "Forza. Tu e io siamo due comunissimi cittadini diretti alle corse."

Gli occhi del ragazzo si illuminarono e lui balzò sulla carrozza dopo di lei con un ampio sorriso sdentato sul viso lentigginoso.

Se Felicity avesse potuto indossare i pantaloni, non avrebbe avuto bisogno di uno chaperon. A essere onesti, probabilmente non ne aveva comunque bisogno, non con addosso quegli indumenti modesti… ma non aveva il cuore di lasciarsi alle spalle il ragazzo dagli occhi sognanti.

"Rotten Row," disse al vetturino, per poi prendere posto sul sedile.

"Siete felice di vedere il Re della Biga?" chiese il ragazzo.

Più di quanto Felicity osasse ammettere.

Langford era un enigma. Leggere delle sue imprese sui giornali scandalistici non era certo come essere testimone di una sua vittoria. Quell'uomo incomprensibile aveva accettato l'idea di un meccanico donna senza sollevare obiezioni, solo per poi lasciar intendere senza possibilità di equivoci che non aveva la pazienza di lasciare che *lady Felicity* occupasse il suo prezioso tempo o il suo prezioso spazio, una volta resosi conto di chi fosse davvero la stalliera.

"Gli affiderei qualunque carrozza," rispose infine lei. "Ma per progettare le modifiche più adatte a uno specifico conducente, devo prima vederlo in azione."

Era la sua occasione per osservare l'uomo nel suo ambiente naturale… e per scoprire se le donne si inumidivano davvero i corpetti e svenivano alla sua vista.

Il ragazzo si accigliò. "Gli ho sentito dire 'Niente modifiche' mentre vi parlava."

"È vero," confermò Felicity. "Ma io ho sentito anche Sua Grazia dire chiaramente che vuole *vincere*. E noi siamo responsabili nei suoi confronti."

"Non si limiterà a vincere." Un sorriso smargiasso si allargò sul volto del ragazzo. "Con voi e il Re della Biga a fare squadra, il duca *distruggerà* i suoi rivali."

Per quanto lusinghiera fosse la fiducia del ragazzo, Felicity e Langford erano una squadra solo in senso estremamente lato. Felicity raddrizzò le spalle. Con un po' di fortuna, la ricerca sul campo che avrebbe svolto quel giorno l'avrebbe aiutata a ottenere un vantaggio.

"Hyde Park," disse il vetturino, arrestando il veicolo.

Il battito del cuore di Felicity accelerò mentre lei scendeva nella strada affollata.

Hyde Park all'alba era la sede prediletta per duelli illegali o corse semi-legali, e un flusso infinito di pedoni sciamava verso Rotten Row come se la strada fosse pavimentata con sovrane d'oro.

"Credo che la direzione giusta sia quella," disse sarcastica al ragazzo mentre si inserivano all'interno del flusso di persone.

Prima di quanto lei avesse previsto, raggiunsero il confine della pista, a qualche dozzina di metri dal punto in cui si trovavano, pronte alla partenza, c'erano diverse eleganti bighe. Felicity si spostò più avanti per avere una visuale migliore.

"Che follia," mormorò… o meglio, avrebbe mormorato, se fosse stato possibile farsi sentire senza urlare al di sopra del ruggito delle voci. "È come se questa gente si aspettasse una visita del Principe Reggente."

"Meglio ancora, tesoro," disse una ragazza alla sua sinistra, ammiccando con fare complice. "State per vedere *Giles Langford*."

Felicity avrebbe sbuffato, se il suono del nome dell'uomo non avesse mandato un delizioso brivido di attesa a formicolarle lungo la schiena.

Era ben lungi dall'essere sola. L'entusiasmo era palpabile. Il freddo intenso nell'aria era stato rimpiazzato dal calore di centinaia di corpi in movimento, che sfregavano gli uni contro gli altri mentre si affollavano lungo la strada sterrata. Pur essendo in incognito, Felicity fu lieta di non intravedere nessuno dei ricchi gentiluomini che conosceva.

"Avete già visto Langford gareggiare?" chiese alla ragazza.

"Tutte le volte che posso," rispose la giovane senza alcuna esitazione.

Diverse altre persone, uomini e donne, annuirono nell'udire quella risposta.

"Eccolo!" strillò la ragazza.

Felicity distolse di scatto lo sguardo dagli altri spettatori e lo riportò sulla fila di eleganti bighe, dove alcuni stallieri stavano porgendo le redini ai piloti affascinanti e ben vestiti. Quanto avrebbe voluto poter gareggiare assieme a loro!

La biga di Langford era posizionata verso il fondo della fila. I piloti scambiarono piacevolezze con gli spettatori mentre si portavano lentamente verso la linea della partenza. Nel giro di pochi istanti, Giles Langford sarebbe passato proprio di fronte a Felicity.

"Quello è il suo bambino," disse un uomo alla sua destra.

Felicity si sporse voracemente in avanti. "Il leggendario 'Bambino?'"

"La biga personalizzata che ha costruito con le sue mani," disse un altro uomo, la voce colma di meraviglia. "Non permette a nessun altro di sedersi al posto di guida."

Guardando quella folla, Felicity si rese conto che Langford non aveva *bisogno* di gareggiare a bordo delle carrozze dei signorotti per essere il benvenuto tra di loro. In quell'arena, Langford era il re e tutti gli altri erano semplici sudditi.

"Peccato che la gara duri solo mezz'ora," disse una donna.

"Alcuni vengono per vedere la gara," spiegò un'altra donna. "Il resto di noi potrebbe trascorrere tutto il giorno a guardare Langford."

Felicity non ne dubitava. Si costrinse a concentrare l'attrazione sul veicolo, piuttosto che sull'uomo altrettanto mozzafiato che teneva le redini. Fino a quel giorno, aveva visto *Bambino* solo nelle caricature da quattro soldi. Cosa c'era in quel particolare progetto che avvantaggiava tanto Langford? Come avrebbe potuto lei incorporare elementi simili nella biga di Cole in tempo per la famosa gara?

"Arrivano!" mormorò un'altra donna, facendosi aria alla gola.

La calca spinse pericolosamente in avanti mentre le bighe si portavano verso la linea di partenza.

"Come sta Bambino oggi?" esclamò un uomo.

Felicity allungò il collo per cercare di vedere come avrebbe reagito Langford.

L'uomo rivolse un gran sorriso alla folla e gridò di rimando: "State indietro. È per la vostra sicurezza: Bambino è più forte che mai!"

Risate e un rinnovato entusiasmo si diffusero tra la folla.

Felicity si guardò attorno, stupita e incredula. Giles Langford era così famoso che persino la sua *biga* era nota.

Osservò mentre l'uomo, senza alcuno sforzo, incantava i propri ammiratori con chiacchiere rilassate e comportamento affabile. Sembrava un gentiluomo amichevole qualunque che fosse uscito per fare un giro in carrozza, piuttosto che un impavido frustino sul punto di massacrare i suoi avversari in un'energica gara di fronte a centinaia di testimoni.

Colta dal fervore, per un momento Felicity avrebbe voluto essere vestita non da ragazzo, ma da uomo adulto, così da sentire il vento rinvigorente tra i capelli mentre gareggiava assieme agli altri. Non le sarebbe nemmeno importato di perdere, purché avesse potuto condividere l'entusiasmo, il cameratismo e la sfida. Il suo sangue pulsava per l'entusiasmo. Ora più che mai, era decisa ad assicurare che il veicolo di suo fratello – e il conducente di esso – godessero di ogni possibile vantaggio.

Quando la carrozza di Langford le passò proprio di fronte, lei si sarebbe aspettata che l'attenzione dell'uomo cadesse su una delle numerose e rumorose ammiratrici accanto a lei.

Invece, l'uomo fermò la biga e si toccò l'orlo del cappello.

"Lady meccanico." Il suo sorriso lento e devastante provocò un'ondata di ammirazione e sospiri tra le donne accanto a Felicity.

"Signor Re," rispose lei. Ma certo che l'aveva riconosciuta, vestita com'era coi suoi abiti peggiori. Era quello l'aspetto che lei aveva avuto quando si erano conosciuti. Per Langford, il travestimento sarebbe stato un vestito adatto a un ballo. Ciò nonostante, Felicity fu lieta che la tesa cascante del cappello nascondesse il suo viso al resto della folla.

L'uomo si sporse in avanti, come se avesse tutto il tempo del mondo. "Cosa vi ha attirato fuori dalla vostra rimessa?"

"Voi," rispose onestamente Felicity, pentendosene immediatamente. Il calore le stava risalendo lungo la nuca.

Il sorriso dell'uomo si allargò e lo sguardo dei suoi occhi blu cobalto rimase concentrato su di lei.

"Il vostro bambino," si sentì blaterare lei. "Voglio dire, la vostra biga. Non avevo mai visto quella che avete costruito voi stesso."

"Allora è vero che avete occhio," scherzò l'uomo. "Se avessi saputo che, per fare colpo su di voi, sarebbe bastato trascorrere sei mesi a perfezionare progetti e sudare davanti al fuoco per—"

"Langford!" esclamò uno degli altri piloti.

"Guardate che, quando quella pistola darà il segnale, noi partiremo con o senza di voi!"

"Proseguiremo più tardi," mormorò teatralmente Langford, trotterellando a raggiungere gli altri.

Felicity lo fissò a bocca aperta.

Langford aveva voluto far colpo su di lei? Quell'imbecille lo aveva fatto sin dal primo momento in cui lei aveva letto delle sue imprese. Lei aveva avuto conferma delle capacità di Langford da suo fratello, che era famoso per la sua abilità nel riconoscere il talento. Langford era una leggenda.

Le sue vittorie sportive avevano fatto colpo su di lei, le sue capacità di fabbro avevano fatto colpo su di lei, la nonchalance da lui mostrata quando si era trovato di fronte a un meccanico donna aveva fatto colpo su di lei. La sua capacità di attirare grandi folle faceva colpo su di lei, la spigliatezza con cui interagiva con i suoi ammiratori faceva colpo su di lei, il suo veicolo costruito a mano–

Il rumore di uno sparo esplose nell'aria.

In una nube di polvere, otto veicoli scattarono lungo la strada, a due a due.

Langford si trovava verso il fondo del gruppo, ma non ci sarebbe rimasto a lungo. Già stava superando il settimo veicolo, il sesto, il quinto. Svoltare alla fine della dritta strada sterrata avrebbe richiesto ancora più precisione.

"Quando arriverà al traguardo, non li si vedrà nemmeno, gli altri," predisse un uomo alla destra di Felicity.

Con propria costernazione, Felicity non stava

più catalogando mentalmente l'altezza e la larghezza delle ruote o la lunghezza del bilancino e dei moschettoni, ma stava fissando Giles Langford. L'uomo sembrava una divinità delle bighe.

Non aveva alcuna speranza di mescolarsi all'alta società, né alcun desiderio di provare a farlo. Non ne aveva bisogno. Era esattamente chi e ciò che sembrava.

E meno cercava di darsi delle arie o di conformarsi alle aspettative... più lui si limitava ad accettarla, come se fosse perfettamente normale chiacchierare di carrozze a bordo strada con un carrozziere donna, più diventava difficile resistergli.

Grazie al cielo era partito di scatto al momento dello sparo. Chissà a cosa avrebbe potuto ridursi Felicity se avesse continuato a civettare con lei nonostante i suoi vestiti rattoppati e le legioni di donne adoranti che si contendevano una visuale migliore.

Occorsero più di dieci minuti perché le prime carrozze raggiungessero la fine del tracciato. Nel corso di quel tempo, Langford riuscì a portarsi dall'ultima posizione alla prima. Nella seconda metà della corsa, Felicity ebbe modo di guardare senza ostacoli e lo vide molto più avanti rispetto a tutti gli altri; un sovrano che apriva una parata di fronte ai sudditi ammiranti.

Era magnifico.

Spinta dall'istinto di autoconservazione, Felicity trasse un respiro profondo e si allontanò di un passo dalla folla, verso l'ombra di un albero, prima che l'uomo tornasse all'altezza del punto in cui si era trovata. La competenza e la palese superiorità di Langford erano spaventosamente attraenti. Il cuore di Felicity martellava in maniera innaturale nelle sue orecchie. Non aveva il tempo per una sciocca infatuazione, ricordò a se stessa.

Tuttavia, il suo cuore spiccò un balzo mentre lo guardava gareggiare. Come se loro due fossero *davvero* una squadra e la vittoria dell'uomo fosse anche la sua.

E lei aveva creduto di essere un'abile conducente? Langford si infilava tra due carrozze con un gioco di pochi centimetri, la postura rilassata quanto i suoi cavalli, come se facessero corse di quel genere tutti i giorni. Nessun altro aveva la minima possibilità.

Quando Langford portò i suoi cavalli di nuovo alla linea del traguardo – con un grande vantaggio rispetto ai suoi avversari – il suo sguardo animato passò in rassegna la folla nel punto in cui si era trovata Felicity fino a un attimo prima. Per una frazione di secondo, il suo sorriso si attenuò.

Forse, la maggior parte delle persone non se ne sarebbe accorta.

Felicity se ne accorse.

Temette che il suo cuore non sarebbe mai più stato lo stesso.

CAPITOLO 4

Felicity guardò il suo nuovo compagno di danze con inquietudine crescente. Ora che lord Raymore non era più un'opzione, doveva lasciare la soirée con almeno un potenziale corteggiatore all'amo. Persino quello.

Lord Kenwood non era la sua prima scelta in fatto di mariti, per una serie di motivi. Il conte non si prendeva la briga di sedere alla Camera dei Lord, solo una delle sue proprietà era protetta da un vincolo, e faceva spesso "battute" come *donna formosa, donna virtuosa.*

Felicity non era prosperosa come certe altre donne, ma col corpetto giusto e gli indumenti intimi adatti, era capace di attirare l'attenzione degli uomini. Come quella sera. Lord Kenwood aveva implorato una danza nell'istante in cui il suo decolleté aveva fatto il suo ingresso nella stanza.

"Che splendido abito," mormorò il conte.

L'uomo abbassò la testa, apparentemente allo scopo di mormorarle nell'orecchio, ma quando non giunsero ulteriori commenti, Felicity si vide costretta a presumere che avesse semplicemente cambiato angolazione per guardarle meglio nella scollatura.

"Grazie." Felicity rispose con un sorriso, nonostante avvertisse il bisogno di mettersi a urlare.

A Felicity, lord Raymore era piaciuto davvero. Ma l'avversione nei confronti della personalità untuosa di lord Kenwood non aveva voce in capitolo. Sposare un marito dalla posizione solida era la speranza migliore, per una donna, di modellare il proprio futuro. E Felicity aveva piani molto più importanti che cercare l'agio per sé. Avrebbe fatto *qualunque* cosa per aiutare quei bambini che non potevano aiutare loro stessi.

Se ciò significava trascorrere il resto della sua vita sposata con un uomo come lord Kenwood, così fosse. Una contessa poteva essere molto potente. Sempre che fosse possibile convincere un conte del genere a firmare un contratto prematrimoniale nel quale permetteva alla moglie di impiegare una porzione della ricchezza della coppia per opere di beneficenza.

Lord Kenwood si avvicinò un po' troppo. "Gradireste fare una passeggiata in giardino dopo questo ballo?"

"Piove," osservò Felicity; poi si costrinse ad aggiungere: "Altrimenti, ne sarei stata lieta."

Il conte voltò la testa e guardò con stupore e delusione i rivoletti di pioggia fredda che scivolavano lungo la portafinestra aperta che dava sul giardino. Era chiaro che aveva sperato di godersi non il tempo, ma un momento intimo con Felicity e il suo petto sistemato ad arte. Le si rivoltò lo stomaco.

Odiava doversi sforzare tanto per attirare un uomo del genere.

"Uno di questi giorni, quando ci sarà il sole," disse lord Kenwood, "perché non facciamo un giro di Hyde Park col mio phaeton?"

Ecco. Era l'apertura in cui lei aveva sperato, l'occasione di essere vista come qualcosa in più di una semplice compagna di danze. Un potenziale corteggiamento, di fronte a tutti.

E tuttavia, nell'udire le parole "Hyde Park," l'unica cosa che venne in mente a Felicity fu il bello e talentuoso Giles Langford. Era possibile che l'uomo si sarebbe trovato lì nello stesso momento? Cosa avrebbe pensato nel vederla appiccicata al fianco del conte mentre sfilavano di fronte ai loro pari in un alto phaeton?

Per uno sciocco istante, lei avrebbe voluto che fosse stato Langford a invitarla al parco, che stesse ballando tra le braccia di Langford piuttosto che in quelle del conte. Langford sapeva ballare il valzer? Felicity scacciò quel pensiero. Non lo sapeva e la cosa non aveva importanza. Il suo lavoro era contrarre un buon matrimonio.

"Splendida idea," fu ciò che disse ad alta voce. "Adoro le carrozze."

Lord Kenwood le rivolse un'occhiata gentile, ma compassionevole, come se dubitasse che lei fosse in grado di distinguere un barroccio da un landau, ma lui fosse comunque disposto ad accompagnare lei e il suo seno. Felicity avrebbe dovuto badare a non sfatare quell'impressione.

Quando la musica ebbe termine, il conte la riportò al gruppo di amiche con cui lei stava chiacchierando prima del ballo con lord Kenwood, quindi accompagnò lady Penelope Wakefield sulla pista da ballo. Quando la musica ebbe inizio, Felicity serrò i denti. Forse aveva frainteso le intenzioni del conte.

"Un valzer," brontolò a voce talmente bassa che solo Hester Donnell poté sentirla.

"Cento valzer non basteranno a far desistere lord Findon," le promise Hester. "Cercherà di portarla all'altare prima della fine della Stagione."

Felicity avrebbe voluto avere anche solo la metà della sicurezza di Hester. "Lord Raymore è altrettanto innamorato?"

Hester puntò col ventaglio verso la parte opposta della sala da ballo, dove il marchese dai capelli grigi faceva piroettare la splendida signorina Corning a tempo di musica.

Felicity ebbe un sussulto. "Due valzer in una sola sera?"

"È praticamente una proposta di matrimonio in pubblico," concordò Hester. "La richiesta arriverà presto, se non è già arrivata."

"È stato... veloce," disse Felicity con voce fioca. Avevo cominciato i suoi tentativi di attrarre il marchese da molto prima del debutto della signorina Corning.

Hester arricciò il naso, come se fosse indecisa sul rivelare o meno un segreto; alla fine, sospirò e abbassò il ventaglio. "I pettegoli sostengono che Raymore *avrebbe* scelto te, se solo tu non fossi stata sullo scaffale tanto a lungo. Hai dei bei capelli e dei begli occhi, ma al marchese piace un certo tipo di donna. Il tuo difetto è quello di essere vecchia."

La venerabile età di ventiquattro anni era ben lungi dall'essere l'unico difetto di Felicity. Lei aveva avuto diversi corteggiatori, nessuno dei quali, quando era venuto il momento, si era fatto avanti. La clausola sulla beneficenza li aveva fatti desistere tutti.

Peggio ancora: per gli aristocratici, l'immagine era tutto. Se i pari di lord Raymore non volevano Felicity… nemmeno il marchese la voleva. Non quando c'erano così tante belle debuttanti a disposizione. Lei chiuse le mani a pugno.

"È una maledizione a cui è impossibile sfuggire," disse a Hester. "Se nessuno mi ha ancora involata, deve esserci qualcosa di sbagliato in me. Il solo fatto che sia disponibile spinge gli uomini alla fuga."

Hester rabbrividì. "Morirei, se succedesse a me. Se non avessi Titus, sposerei il primo lord che chiedesse la mia mano."

Era questo ciò che avrebbe dovuto fare lei? Sposare il primo lord che avesse chiesto la sua mano e limitarsi a *sperare* di riuscire a sospingerlo verso la filantropia?

Hester non era spietata. Era una tra diversi aristocratici che donavano libri e denaro alla Biblioteca Circolante dei Bambini, un'iniziativa piccola ma di successo, progettata per allargare le menti della gioventù londinese. Gli abbonamenti erano comunque costosi al punto che solo le famiglie di un certo livello potevano permetterseli, ma era comunque un passo nella direzione giusta, che dava speranza a Felicity.

"Se tu non fossi già fidanzata, cosa cercheresti in un marito?" chiese.

"Un titolo," rispose senza esitazione Hester. "Voglio avere un marito alla Camera dei Lord. E tu?"

Felicity aveva meditato incessantemente sulla questione. La cosa più importante era la stabilità. Una donna senzatetto doveva di necessità concentrarsi sul proprio bene, a esclusione di quello degli altri.

Il secondo fattore più importante era il denaro. Felicity lo avrebbe usato per creare una Fondazione per i Bambini Poveri e avrebbe trascorso tutto il tempo possibile ad aiutare chi non era mai stato viziato o coccolato in vita sua.

"Se fosse per me," disse, "farei–"

Prima che potesse concludere il pensiero, una debuttante vestita di bianco le oltrepassò singhiozzando, rischiando di andare a sbattere contro una colonna.

Felicity la afferrò per un braccio un attimo prima che dell'impatto.

"Shh," mormorò in tono tranquillizzante. "Respirate con calma. Qualunque cosa–" Felicity rimase di stucco. "Signorina *Corning*? Pensavo che steste ballando con lord Raymore!"

"È così," disse la ragazza, tirando su col naso.

Felicity si infuriò, colta dall'allarme. "Se lui vi ha palpeggiata senza il vostro consenso–"

"Non mi toccherebbe nemmeno con un bastone," singhiozzò la signorina Corning. "Ho perso del tutto il suo interesse."

Persino Hester parve sconvolta. "Cosa mai è successo?"

"Mi ha chiesto quale, secondo me, fosse l'aspetto migliore dell'essere una lady e io ho risposto: 'Il denaro per concedersi ogni cosa, naturalmente.'" La signorina Corning sollevò il mento, piccata. "È quello che mi ha sempre detto la mamma."

Felicity ebbe un sussulto. "E lui come ha reagito?"

"Ha detto 'E i bambini?' Al che io ho detto: 'Non baderò a spese per concedere ogni cosa ai miei bambini.' E lui ha detto: 'E i bambini degli altri?' Al che io ho detto: 'Chiaramente, quelli sono responsabilità dei loro genitori. Non ci si può certo aspettare che una lady mantenga tutti i bambini del mondo, giusto?'"

"Lasciate che indovini," disse sarcastica Hester. "Raymore non è d'accordo?"

"Non solo." Il labbro inferiore della signorina Corning tremolava. "È membro di una *commissione per la riforma del lavoro minorile* e spera di fare di più. Ha detto che non siamo minimamente adatti l'uno all'altra!"

"Buon Dio," disse Hester, senza batter ciglio. "Tutto, ma non una *commissione per la riforma del lavoro minorile*."

A Felicity girava la testa. Le dispiaceva per la signorina Corning, ma era chiaro che il marchese non era l'uomo adatto a lei. La notizia la colmò di speranza. Raymore era alla ricerca di nuove opere di beneficenza… ed era tornato sul mercato?

"La mia vita è finita," si lamentò la signorina Corning. "Quando tutti scopriranno che lord Raymore ha ritirato il suo corteggiamento, non troverò *mai* marito. Sono passata da 'gioiello a 'persona da evitare come la peste' nel giro di un valzer. Sono rovinata."

La giovane si allontanò e corse verso il gabinetto prima che Felicity o Hester potessero rispondere.

"La signorina Corning sarà anche ingenua e un po' egocentrica, ma non è *rovinata*," commentò Hester dopo un breve silenzio imbarazzante. "Ho ragione?"

"Peggio," osservò cupamente Hester. "Ha ragione lei. L'interesse di Raymore l'aveva resa popolare, ma il suo disinteresse la rende una reietta. Senza titolo in famiglia e senza una dote generosa da offrire, la signorina Corning non ha perso soltanto un corteggiatore. È possibile che abbia anche perso la sua occasione."

Felicity non chiese come facesse Hester a conoscere i dettagli sulla dote della signorina Corning. Hester sapeva tutto.

Beh, quasi tutto. Hester non sapeva della vita di Felicity prima che lei e suo fratello giungessero a Londra. E Hester non sapeva che Felicity amava ancora trascorrere il suo tempo libero trafficando con le carrozze. Era un segreto troppo prezioso per rivelarlo.

Per contrarre un buon matrimonio, Felicity doveva conservare il suo posto in società. Il che significava che, dopo la corsa imminente... non ci sarebbero stati più traffici nella rimessa di famiglia.

Anzi, anche solo visitare la rimessa ducale era un rischio eccessivo. Le porte che davano sul vicolo venivano tenute aperte per far entrare la luce. Nonostante la sorveglianza aggiuntiva, era sempre possibile che la persona sbagliata guardasse dentro e deducesse la sua identità.

Se voleva aiutare il veicolo di suo fratello a vincere la gara, Felicity avrebbe dovuto farlo in un luogo molto più sicuro. Aveva bisogno di un posto in cui gli elegantoni del *ton* avrebbero mandato un servitore come proprio emissario, o comunque dove non si sarebbero mai aspettati di incrociare la sorella di un duca.

Un luogo come la fucina privata di Giles Langford.

CAPITOLO 5

Giles incrociò soddisfatto le braccia mentre osservava il fervore delle attività nella sua laboriosa fucina. Godersi ciò che aveva la fortuna di possedere era una causa più che sufficiente per gioire.

Quella era la felicità. Un lavoro nel quale era bravo, un'attività di cui era orgoglioso e delle persone con cui condividerla. Molte persone.

"Vi ho visto alla gara," disse timidamente uno dei ragazzi.

Giles inarcò un sopracciglio. "Ah sì?"

"Vi abbiamo visto tutti," disse un altro ragazzo, gli occhi che brillavano. "Come ci si sente a essere più veloci di tutti gli altri?"

Giles non era interessato a ostentare falsa modestia. Era ben pagato per un motivo: i suoi finanziatori si aspettavano che lui *vincesse*. Gareggiare una volta ogni tanto con la sua carrozza era una gioia di cui non si sarebbe mai stancato.

"È qualcosa di magico," rispose lentamente, mentre cercava di esprimere a parole l'emozione.

"L'aria ti scorre nelle orecchie come se ti fossi appena tuffato da un albero alto in un lago, ma non stai cadendo: stai *volando*. Hai le guance fredde e rosse e devi strizzare gli occhi per vederci, a causa del sole e del vento, ma nonostante lo sferragliare delle ruote e il rumore tonante degli zoccoli, ti sembra di essere tu a volare dritto e con precisione, come una freccia saettante che nessuno può afferrare."

"È proprio così che sembrava," mormorò meravigliato uno dei ragazzi.

"È la cosa più entusiasmante che io abbia mai visto," disse un altro.

"Tornate al lavoro," intimò loro Giles. "Si parla durante le pause."

Gli apprendisti corsero di nuovo ai loro posti.

Giles appoggiò le spalle a una parete. Non era stupito di sentire i ragazzi chiedere delle corse. Era un argomento frequente lì nella sua bottega, soprattutto considerato che il giorno prima era uscita una caricatura che lo raffigurava nell'atto di schizzare lungo una pista così velocemente che solo le punte dei cappelli dei suoi avversari erano visibili al di sopra della polvere. Le sue labbra si sollevarono.

Cosa avrebbero pensato i venditori di scandali se avessero visto il loro incauto e impavido ribelle che serviva biscotti e limonata a un gruppo di ragazzini del vicinato?

Il suo nome sarebbe apparso l'indomani nel libretto delle scommesse di White's, si rese conto sarcastico Giles, assieme a forti scommesse su quante settimane o mesi sarebbero trascorsi prima che Giles si mettesse a fare dei figli suoi... o sulla possibilità che fosse *lui* il padre di tutti quei ragazzi.

Gli scommettitori avrebbero avuto una brutta sorpresa.

Giles non aveva alcuna intenzione di farsi una famiglia nel futuro prossimo. Né di prendere moglie. Ciò gli avrebbe richiesto di allontanarsi dal lavoro e da ragazzi come quelli, che avevano cominciato a fare affidamento su di lui. Molti di loro avevano ben poco, a casa, e meno ancora dal punto di vista delle prospettive future. La possibilità di imparare un mestiere dava loro speranza, quando prima non ne avevano avuta.

E poi, lui adorava la sua vita così com'era. Agiata e divertente, entusiasmante e industriosa. L'ultima cosa che desiderava era che qualcuno gli mettesse i bastoni tra le ruote.

"È così che lavorate 'da solo?'" chiese una voce divertita proveniente da appena oltre la soglia della fucina.

Lady Felicity.

Un bastone con le gambe e la bocca.

Giles raddrizzò di scatto la schiena. "Questi sono i miei aiutanti. Io sono il loro principale. Siete qui per diventare mia apprendista?"

Gli occhi della giovane danzarono mentre un sorrisetto sollevava gli angoli delle sue labbra piene.

"Sono qui in veste di consulente." La giovane indicò alle proprie spalle, dove i cavalli del duca di Colehaven erano legati a un paletto. "C'è spazio per un'altra biga?"

Giles incrociò le braccia. "Cosa vi fa credere che io–"

"Il posto numero cinque è libero," disse uno dei suoi apprendisti.

"E possiamo liberare in un attimo il posto numero due," aggiunse un altro.

"D'accordo." Giles scacciò con un gesto i suoi accoliti. "Vada per il posto numero cinque. Forza."

Si ripromise di avere una conversazione molto seria col duca di Colehaven. Se Sua Grazia non gradiva che i suoi ospiti arrivassero in anticipo, come credeva che Giles avrebbe reagito alla consegna inaspettata di una carrozza?

"Dite a vostro fratello che il deposito è a pagamento," informò lady Felicity mentre la biga veniva dolcemente accompagnata nella sua nuova casa.

Lady Felicity strinse gli occhi. "Voi state solo cercando di liberarvi di me."

Giles inclinò la testa. "La biga è arrivata sana e salva. Perché siete ancora qui?"

"Sono la vostra nuova consulente," ripeté la donna, inarcando un sopracciglio. "Dove va questa biga, vado anch'io. E la biga rimarrà qui fino a quando voi non avrete vinto la corsa."

"Non potete certo aspettarvi di trasferirvi qui assieme a essa."

"Perché no?" Lady Felicity spalancò gli occhi con aria innocente. "Voi non vivete dentro alla fucina, vero?"

"Vive di sopra," disse uno dei ragazzi.

"Con sua madre," aggiunse un altro.

"I futuri apprendisti," esclamò Giles, scandendo

bene le parole, "dovrebbero essere visti e non sentiti."

Uno dei ragazzi si accigliò. "Pensavo che fossero i bambini, quelli."

"O le signore," suggerì un altro.

"*Lei* la si sente benissimo," osservò un terzo.

Lady Felicity entrò nella bottega e allungò una mano verso il banco da lavoro di Giles.

Giles fece un passo avanti. "Non mettete le mani da nessuna parte se non ve lo chiedo io, signorina Consulente."

Lady Felicity si fermò col dito sospeso sopra una chiodaia e inarcò un sopracciglio al suo indirizzo. "Proprio nessuna nessuna?"

Giles sorrise cordialmente. "Fucina mia, regole mie."

La giovane abbassò la mano ricambiò il sorriso. "E quali sarebbero le regole, Re della Biga?"

"Prima la limonata e poi i grembiuli," disse uno dei ragazzi.

"Non si attizza il fuoco senza i guanti," disse un altro.

"Bisogna dire 'grazie' quando qualcuno ti dà un biscotto," disse un terzo.

"Un vero schiavista," mormorò Felicity nella direzione di Giles mentre si dirigeva verso il tavolo dei rinfreschi ormai saccheggiato. "Non mi pare che ci siano né limonata né biscotti."

"Questo perché avete scazzato la regola numero uno," disse uno dei ragazzi. "Se si ha fame, bisogna arrivare presto."

"Non si può dire 'scazzato' davanti a una signora," mormorò inorridito un altro.

"A me non dispiace," assicurò loro lady Felicity. "Può dire 'scazzato' quanto gli pare."

Tutti e sei i ragazzi sussultarono come pie nonnine.

"Ai vostri posti," ordinò Giles. Afferrò lady Felicity per il gomito e la condusse fuori vista, dietro al barroccio di un visconte. "Vostro fratello sa che siete qui?"

"Sono venuta con la sua benedizione," rispose lei. "Dopo che vi siete introdotto nella nostra rimessa–"

Giles rimase a bocca aperta. "Io non mi sono–"

"–non mi sento più sicura all'idea di lavorare lì," concluse la donna. Un'ombra le calò sugli occhi, ma lei la scacciò con un battito di ciglia.

Giles la fissò incredulo. "Non vi sentite al sicuro in casa vostra, ma nella mia sì?"

"Al sicuro dalla scoperta," precisò lady Felicity, gesticolando verso il proprio torace. "Da qui il travestimento."

Giles impiegò un istante a rendersi conto che la donna era vestita in maniera molto simile alla mattina in cui lui l'aveva vista alle corse… e che un cappello floscio, un cappotto di pelliccia rammendato e un abito macchiato non costituivano esattamente l'abbigliamento elegante che si associava, in condizioni normali, alla sorella di un duca.

"Ma certo," disse lui. "Mi ero chiesto il perché del travestimento."

Lady Felicity levò gli occhi al cielo ed esalò un sospiro stanco. "Non avevate nemmeno *notato* il travestimento."

"A essere onesti," osservò Giles, "il travestimento era la parte meno sorprendente dell'arrivo inaspettato di una biga ducale e di una 'consulente' autonominata."

"Nominata dal duca," lo corresse lei. "C'eravate anche voi quando Cole ha insistito affinché lavorassimo assieme. E questa soluzione è perfetta. Nessuno verrebbe mai a cercarmi qui e con così tanta gente al lavoro… nessuno noterà un altro dipendente."

Giles l'avrebbe notato. Avrebbe trascorso ogni momento di ogni giorno a notare ogni curva, sospiro e leccata di labbra. E non poteva farci nulla fino a dopo la gara.

Indicò sconfitto alle proprie spalle. "I grembiuli sono nel mucchio a sinistra, i guanti nel secchio a destra."

Lady Felicity rimase di stucco. "Tutto qui?"

"Tutto qui cosa?"

"Nessuna obiezione?" balbettò la giovane, come se fosse stato lui a infilare bastoni. "Arrivo non annunciata e voi non mi cacciate dalla vostra mascolina bottega con un buffetto sulla testa?"

"In primo luogo," rispose Giles, "quel cappello è una robaccia intoccabile."

Lady Felicity inclinò la testa. "Vero."

"In secondo luogo," proseguì Giles, "voi avete ragione. C'ero anch'io quando Colehaven ci ha ordinato di collaborare. Ma soprattutto, voi avete trascorso più tempo di tutti a lavorare con questa biga e sapete il fatto vostro. Andate a prendere un grembiule."

Arrossendo in maniera molto attraente, lady

Felicity posò il cappello sul tavolo mentre si infilava un grembiule.

"I cappelli vanno sui chiodi," esclamò qualcuno.

"Giusto." Felicity attraversò la stanza per appendere il cappello a un chiodo libero accanto alla fila di quelli dei ragazzi, quindi si voltò di nuovo verso Giles. "Avete *davvero* molte regole."

"Lui è il padrone," disse semplicemente uno dei ragazzi. "Questa è una delle regole più importanti."

Lady Felicity lanciò a Giles un'occhiata maliziosa.

Lui ricambiò con un blando sorriso. "Voi non sarete *mai* il mio padrone," lo ammonì. "Sarete anche il padrone della vostra bottega, ma io sono padrona del veicolo di mio fratello."

Giles le lanciò un grosso straccio. "Regola numero trentasette: il padrone del veicolo deve tenerlo pulito da fango e sporcizia."

"Dubito che sia una regola vera," borbottò la giovane cominciando a spolverare l'esterno della biga.

Giles sorrise da un orecchio all'altro mentre sfilava uno straccio dal grembiule e la raggiungeva.

Il quarto d'ora successivo trascorse all'insegna di amichevole prese in giro e discussioni semiserie sulle virtù delle guarnizioni in cuoio e delle varietà di grasso per assali. Ogni risata condivisa provocava una strana vibrazione nello stomaco di Giles.

Bisticciare con lady Felicity mentre lavoravano insieme su una carrozza era divertente *quasi* quanto preparare la sua biga per una gara. Sarebbe stato difficile tenerla lontana da–

Lady Felicity seguì il suo sguardo e si trattenne visibilmente dal mettersi a saltellare. "Quello è 'Bambino,' vero? È bellissimo. Posso vederlo da vicino?"

"No."

"Voglio solo–"

"Nessuno tocca Bambino," disse fermamente Giles. "Anzi, l'unica carrozza che avete il permesso di toccare è quella che appartiene a vostro fratello."

"Ma Bambino è stato costruito a vostro gusto," protestò lady Felicity. "Voi sapete quanto io ami le modifiche personalizzate."

"Non ricordo di averne mai parlato con voi."

"Beh, sapete." La giovane accennò col capo alla biga di Giles. "Se solo mi permetteste–"

"No," disse lui prima che la donna potesse proseguire. "Bambino è affar mio. Vostro fratello è affar vostro."

"Arrogante e dispotico," borbottò lady Felicity con gli occhi stretti. "E pensare che è questo che devo aspettarmi quando mi sposerò."

"Voi non sposerete *me*," osservò allarmato Giles.

"Certo che no," disse ridendo lady Felicity. "Ma non credo che duchi e conti siano meno imperiosi."

Il fatto che ciò fosse vero non lo rendeva meno fastidioso.

"A cosa mirate?" chiese Giles in tono annoiato. "A un duca o a un conte?"

"È rimasto solo un nome sulla mia lista," rispose dolcemente lei, "e non è il vostro."

"Avete una *lista*?" Giles riusciva facilmente a immaginare un elenco di "lord Tizio" e "lord Caio," tutti cancellati con una riga. Era ancora più offensivo di quanto lui avesse immaginato. A quanto pareva, persino dei signorotti ricchi e attraenti non andavano incontro agli eccelsi criteri di lady Felicity.

Uno come Giles non sarebbe mai stato preso in considerazione.

La cosa non avrebbe dovuto avere importanza per lui. E tuttavia, con suo stupore, ne aveva.

"Chi è il fortunato gentiluomo?" Per nascondere il fastidio, Giles si diede da fare con la sedia frontale. "Sedgwick?"

"No. È uno spendaccione," rispose la giovane.

"Lord Findon?"

"È praticamente fidanzato con lady Penelope." Di fronte all'espressione vacua di Giles, lady Felicity aggiunse: "Wakefield. È figlia di un marchese."

Giles si spremette le meningi in cerca dei nomi dei gentiluomini titolati che frequentavano la sua taverna preferita, il Duca Malandrino. La maggior parte di loro erano clienti di Giles. Uno, in particolare, poteva essere considerato il più importante. "Non sarà... lord Raymore?"

Lady Felicity spalancò gli occhi per lo stupore. "Lo conoscete?"

Si poteva dire di sì.

Raymore era sempre lì a portare questa o quella carrozza. Era da anni un cliente prezioso. Giles serrò la mascella. Avrebbe dovuto congratularsi con la coppia felice per le loro nozze come se quei momenti con lady Felicity non fossero mai accaduti. Giles sarebbe rimasto dov'era per i dieci o vent'anni a venire, guardando lord e *lady* Raymore andarsene insieme in carrozza dalla sua bottega.

La cosa non avrebbe dovuto dargli fastidio. Eppure, lo faceva.

"Cosa c'è di tanto splendido in Raymore?" brontolò. Anche se poteva tirare a indovinare.

"È ricco, titolato, possiede diverse proprietà vincolate, siede alla Camera dei Lord *e…*" Lady Felicity fece una pausa drammatica. "… è tornato di recente sul mercato."

Giles strinse un bullone. Avere ragione non era sempre piacevole. Lady Felicity era una cercatrice d'oro e un'arrampicatrice sociale senza ritegno. Invece di limitarsi a un semplice titolo di cortesia, presto sarebbe diventata una pari. Sposata con un ricco marchese con "diverse proprietà vincolate." E non aveva nemmeno lasciato intendere se l'uomo le piacesse davvero o meno.

"Voi credete che lord Raymore permetterà a sua moglie di lavorare su delle carrozze?"

"Assolutamente no," rispose la giovane, gli occhi castani colmi di serietà. "Anzi, non saprà mai che ciò è accaduto. Una volta che voi avrete vinto la corsa per conto di Cole, io non lavorerò mai più sulle carrozze."

Giles si accigliò. "Anche se non siete ancora sposata?"

"Anche se non sono ancora sposata," concordò lei. Ma la felicità aveva abbandonato il suo viso.

"Lui non ha esattamente chiesto la mia mano. Finora, tutto ciò che abbiamo condiviso sono stati dei valzer, ma–"

"Avete già soggiogato i vostri desideri a un uomo che non conoscete del tutto e che non ha ancora chiesto la vostra mano," disse incredulo Giles. "È–"

"*Strategia*," concluse lady Felicity. "Lui chiederà la mia mano se riuscirò a fargli credere di essere ciò che vuole."

No. Giles arricciò il labbro. Quello che lady Felicity voleva dire era che il marchese l'avrebbe sposata se lei fosse *diventata* ciò che lui voleva. Era quella la vera delusione. Lady Felicity gli era parsa molto di più.

O forse anche lui voleva che la giovane fosse qualcosa che non era.

"Non sopporto le persone banali e pretenziose," disse Giles.

"Che peccato. Io aspiro a diventare una lady banale e pretenziosa," lo informò lei, "sposata con un lord banale e pretenzioso con una tenuta banale e pretenziosa. Cosa ve ne importa?"

"Vi fa sembrare egoista," borbottò Giles.

"E lo sono," confermò lei. "Lo siamo tutti, in un certo senso. Non che sia affar vostro quello che io e mio marito facciamo delle nostre vite, ma ho intenzione di fondare un ente di beneficenza."

Giles si fermò con una mano sul bilancino. "Un cosa?"

"Una fondazione benefica che aiuti i bambini bisognosi. Cibo, alloggi, istruzione. Spero che avrà un grande successo e così tanti donatori che non dovremo mai respingere nemmeno un solo bambino."

Tutto ciò suonava… ammirevole. Parte del disprezzo di Giles svanì.

"Il vostro futuro marito vi permetterà di fare volontariato in un luogo del genere?"

"Il marchese mi permetterebbe di donare del denaro," rispose tentennante lady Felicity.

Non era esattamente la stessa cosa, ma persino Giles poteva capire perché Raymore fosse l'unico sopravvissuto allo sfrondamento della lista. La sua ricchezza, il suo potere, la sua posizione sociale…

"Ha una passione per le opere di carità," aggiunse lady Felicity. "Guida persino una commissione al riguardo."

Urrà per lord Raymore.

"Potreste fare volontariato *qui*," Giles sentì dire alla propria voce. "Nel caso voleste fare di più. Ci sono sempre più ragazzi del quartiere di quanti io e i miei dipendenti siamo in grado di istruire."

"Se *voi* voleste fare di più," rispose la giovane infame, "potreste ammettere qualche ragazza. I maschi non sono le uniche creature in grado di avvitare un bullone. O la vostra beneficenza è aperta solo ai ragazzi?"

"Questo non è un ente benefico," obiettò Giles. "È una fucina."

Una fucina nella quale l'unico artigiano che si fosse mai avvicinato a essere al pari di suo padre era entrato dalla porta con addosso un cappellino frivolo e un abito lungo.

"Una fucina per soli uomini," disse lady Felicity, stringendosi nelle spalle. "Pensavo che, forse, almeno voi non aveste tanti pregiudizi."

Giles serrò la bocca. Non aveva accolto un sacco di ragazzi del posto perché avesse l'intento di escludere le ragazze. Non gli era venuto per nulla in mente di aprire la fucina anche alle loro controparti femminili.

Per qualche motivo, ciò rendeva la situazione quasi peggiore.

"Non voglio limitarmi a mantenere funzionale la biga di Cole," proseguì lady Felicity, come se la loro discussione sui gentiluomini appetibili e sul sesso degli apprendisti non fosse mai avvenuta. "Voglio migliorarla. Le modifiche personalizzate si baserebbero sui miei anni di esperienza nel gestire i cavalli di Cole e sulle peculiarità del vostro stile di guida."

"Voi state chiedendo una fede incondizionata nel fatto che tutto si svolgerà alla perfezione e rispettando i tempi," disse freddamente Giles. "Volete che io metta la gara nelle vostre mani."

"Voglio prendere ogni singolo vantaggio che abbiamo e massimizzarlo." Lady Felicity si leccò le labbra squisite. "Voglio *vincere*. Cosa volete *voi*?"

Baciarvi, mormorò una vocetta dal profondo di Giles. *Mostrarvi che pentole d'oro e titoli altisonanti non sono le uniche caratteristiche che dovreste cercare in un uomo.*

"D'accordo," disse.

La donna spalancò gli occhi. "D-d'accordo?"

"Datemi pure dell'arrogante e del tiranno, ma sono il migliore in quello che faccio." Giles incrociò le braccia per evitare di fare qualcosa di stupido, come ad esempio abbracciarla. "E lo stesso vale per voi."

La giovane rimase a bocca aperta. "Lo stesso vale per me?"

"Lo dice vostro fratello. Ed è la sua scommessa quella che è in ballo." Giles esalò lentamente il fiato. "Siete motivata quanto me a farmi concludere la gara ancora intero e a vedere Colehaven vincitore. Tornate domani alle tre. Mi libererò il resto del pomeriggio."

"E le tre siano," si affrettò a dire lady Felicity, togliendosi il grembiule di cuoio con dita trementi. Guardò Giles da sotto le ciglia. "È l'ora del tè. Per caso si potrebbe scaldare un bollitore nella forgia?"

"Meglio non lascare nulla al caso," rispose Giles.

Lady Felicity si mise il cappello in testa. L'infernale tesa floscia avrebbe tenuto la bocca di Giles ben lontana da quella della donna.

Per il momento.

CAPITOLO 6

*L*a *regola più importante,* avevano detto i ragazzi. *Bisogna arrivare presto.*

Felicity scese da una vettura pubblica di fronte alla fucina di Giles Langford a un quarto alle tre del pomeriggio successivo. Quel giorno, sarebbero stati pari. Due colleghi; i migliori in quello che facevano.

La sua pelle formicolava dall'entusiasmo. Era elettrizzata come lo era stata per il suo debutto nell'alta società. L'unico modo in cui la giornata avrebbe potuto migliorare sarebbe stato poter entrare indossando pantaloni e una camicia da lavoro invece di un abito rattoppato con pantalette nascoste.

Felicity raddrizzò le spalle e varcò le porte spalancate. Giles non si sarebbe pentito del loro sodalizio. Lei gli avrebbe dimostrato di essere meritevole. Lo–

La fucina era vuota.

Felicity si accigliò mentre, incredula, si voltava

lentamente su se stessa. Niente mastro carrozziere. Niente bambini.

Forse Langford aveva avuto un impegno improvviso e aveva chiuso bottega. Felicity cercò di mascherare il disappunto all'idea. Avrebbe dovuto restare, nel caso l'uomo tornasse? Avrebbe dovuto andarsene e attendere un nuovo invito?

Ci sarebbe stato un nuovo invito, se lei se ne fosse andata?

Felicity non sapeva esattamente perché lavorare con Langford le paresse tanto importante. Come se il loro sodalizio potesse cessare di essere uno dei tanti editti di suo fratello e diventare... reale.

Dapprincipio, Felicity pensò che la natura di quelle emozioni risiedesse nel fatto che la bottega di Langford le ricordava molto la vecchia fucina nella quale lei e Cole avevano lavorato da bambini. Ma i due luoghi non avrebbero potuto essere più diversi.

La bottega di Langford era ampia, ariosa, pulita, ben fornita, *sicura*. I bambini venivano di loro spontanea volontà. Avevano guanti e grembiuli. Rinfreschi da mangiare e da bere.

Ambienti del genere erano esattamente ciò per cui la sua futura fondazione e le commissioni come quella di lord Raymore stavano lottando. I bambini non erano schiavi o servi a contratto, strumenti monouso da sfruttare fino al collasso per poi scartarli. Erano persone e meritavano di essere trattate come tali.

Durante il primo anno che lei e suo fratello avevano trascorso nella maestosa villa cittadina in Grosvenor Square, Cole aveva voluto che entrambi si lasciassero il passato alle spalle. Sua sorella era una lady, ora. Doveva imparare a vestirsi come tale, a comportarsi come tale, a parlare come tale. Cole voleva dare a Felicity tutte le possibili opportunità che la loro nuova posizione permetteva. Anche se ciò significava rinnegare quello che erano stati un tempo.

Quando aveva fatto il suo debutto in società, Felicity aveva avuto il buonsenso di non accennare al suo passato, ma non poteva dimenticarlo. Non voleva farlo. Quegli anni l'avevano resa quello che era. L'avevano forgiata, fredda e dura come il ferro, forte e indistruttibile nonostante tutto.

Quando Cole l'aveva lasciata sola per un mese, per andare a ispezionare la tenuta di campagna annessa al titolo, lei era tornata in segreto alla vecchia fucina, portando in grembo un pesante borsello. I suoi amici d'infanzia sarebbero rimasti sconvolti nello scoprire che il "piccolo Felix" era ora lady Felicity, ma lei sperava che una manciata di monete a testa avrebbe comprato il loro perdono per il fatto di averli abbandonati.

Ma non aveva trovato i ragazzi. Mentre lei era a Londra a prendere lezioni di danza e a comprare vestiti da ballo, loro avevano trascorso giorni e notti alla fucina, lavorando fino a minarsi la salute. Uno di loro era sepolto in una tomba anonima. Diversi erano tornati in strada, o peggio. E gli altri… Felicity non aveva mai saputo cosa ne fosse stato di loro. La fucina era piena di nuovi bambini, coi volti smagriti e senza più sogni.

In quel momento, Felicity aveva giurato che

avrebbe fatto tutto ciò che poteva per salvarli. Per salvarli tutti. Ogni bambino in ogni ospizio, ogni spazzacamino, ogni angelo a piedi nudi con gli occhi grandi e la pancia vuota e nessuno che lottasse per lui. *Felicity* avrebbe lottato.

Dopo il ritorno a casa di suo fratello, lei e Cole avevano trovato un padrone più rispettabile per la vecchia fucina, ma era un caso su mille. C'era tanto lavoro da fare. Cole vi dedicava ogni momento e tutto il denaro liberi da impegni, ma era una persona sola. Se Felicity avesse sposato l'uomo giusto, avrebbe potuto più che raddoppiare le donazioni. Una volta convinto un marito potente e titolato a sostenere la sua causa, i pari di lui lo avrebbero seguito a ruota.

Con la posizione e l'influenza di lord Raymore a sostenerla, Felicity avrebbe potuto convincere il *ton* che lottare per i bambini era giusto. O almeno persuaderli ad aprire il portafogli. Raymore avrebbe potuto sfruttare la propria posizione alla Camera dei Lord per mettere in atto un cambiamento a livello nazionale e la fondazione di beneficienza di Felicity avrebbe cambiato delle vite a livello personale.

Se realizzare quel sogno significava dover rinunciare al suo amore per il lavoro sulle carrozze, così fosse. Se onorare il suo giuramento significava dover rinunciare completamente all'amore, così fosse. Le vite dei bambini meritavano il sacrificio.

Nel frattempo, lei si sarebbe goduta fino all'ultimo istante di libertà, fintantoché l'aveva. Era impossibile sapere quando–

La porta sul retro si spalancò e lei si voltò in quella direzione.

Giles Langford entrò nella fucina portando un vassoio di legno col tè, come se fosse una cosa normalissima.

"Le tre sono l'ora del tè," le ricordò mentre appoggiava il vassoio sul tavolino dove il giorno prima era stato posto lo spuntino dei ragazzi. "Latte e zucchero?"

"Grazie," disse Felicity con voce fioca.

"Il cappello sul chiodo," disse l'uomo mentre sollevava la teiera e cominciava a versare il tè con fare esperto.

Felicity slacciò con violenza il nastrino del cappello e appese quest'ultimo al chiodo che aveva già cominciato a vedere come suo. Non lo era. Lei sapeva che non lo era. E tuttavia, parte di lei avrebbe voluto che ogni ora del tè si svolgesse in quella fucina.

Mentre accettava una tazza di tè appena fatto e fumante, Felicity non riuscì a non ammettere che l'unica cosa prevedibile di Giles Langford era la sua imprevedibilità.

"Niente crostatine al limone?" chiese da sopra l'orlo della tazzina.

L'angolo della bocca di Giles ebbe un guizzo. "Siamo in una fucina, non in pasticceria."

E nemmeno in una sala da tè, ma quell'uomo preparava un tè davvero notevole.

"Dove sono tutti?" Felicity sapeva per esperienza che la maggior parte delle fucine operava dall'alba al tramonto.

"Ho dato a tutti qualche ora di libertà in modo

da lavorare sulla biga di vostro fratello senza distrazioni." L'uomo fece tintinnare l'orlo della tazzina contro quella di Felicity, come se stessero brindando con dello champagne. "Alla vittoria?"

Felicity sollevò la tazza in risposta, incapace di nascondere il sorriso. "Alla vittoria."

La promessa maliziosa nel sorriso che si allargò lentamente sul volto di Giles la scaldò fino alle dita dei piedi.

Una volta finito il tè, Felicity rimise la tazza sul vassoio e si allungò verso il mucchio di grembiuli.

"Volete trascinarvi di nuovo in giro quel vestito lungo?" chiese l'uomo.

Felicity gli lanciò un'occhiata insofferente. "Avete idee migliori?"

"Ditemelo voi." Giles gesticolò verso un mucchietto di vestiti impilati su uno sgabello a tre gambe. "Volete prendere in prestito dei pantaloni?"

Felicity lo fissò per un lungo istante, cercando di dedurre le sue intenzioni. Era una battuta, una sorta di farsa che lui aveva organizzato per ridere di lei? O quell'uomo impossibile era in qualche modo riuscito a guardarle nell'anima?

L'espressione vuota di Giles Langford non le diede risposta.

"S-sì," disse lei, esitante. Sarebbe stata davvero felice di prendere in prestito dei pantaloni.

L'uomo indicò un paravento pieghevole nell'angolo, che probabilmente nascondeva un vaso da notte. "Vi aspetto vicino alla biga."

Ciò detto, prese il vassoio del tè e svanì nuovamente dalla porta sul retro.

Felicity raggiunse gli abiti in prestito e se li portò al naso. Lavati di fresco. Piegati con cura. Tutto ciò era stato fatto con la stessa attenzione dedicata al vassoio del tè. Gli indumenti sembravano persino della misura giusta.

Gioendo, Felicity corse dietro al paravento pieghevole, sperando di riuscire a spogliarsi e rivestirsi molto prima del ritorno di Langford.

Nella maggior parte dei giorni, gli abiti di lusso sembravano a Felicity una sorta di armatura. I pantaloni rattoppati e una macchia d'olio sulla manica le davano la sensazione che non ci fossero guerre da combattere. Come se lei fosse esattamente dove e come doveva essere.

Quei pantaloni erano un po' larghi di vita e stretti di fianchi. La camicia di lino bianca era decisamente troppo larga e la giubba marrone un po' troppo lunga.

Erano anni che Felicity non indossava indumenti tanto comodi.

Uno scricchiolio e il suono di una porta che si chiudeva annunciarono il ritorno di Langford nella fucina.

Improvvisamente reticente e nervosa, Felicity si costrinse a uscire da dietro il paravento.

Langford non passò uno sguardo sprezzante lungo il suo corpo vestito alla maniera maschile, né sogghignò di fronte al tentativo di travestimento scadente. Si limitò a sollevare le sopracciglia in una manifestazione di cordiale interesse.

"Meglio?"

"Mi sento di nuovo me stessa," confessò Felicity.

Un sorriso soddisfatto raggiunse gli angoli degli occhi dell'uomo.

"Giles Langford." L'uomo tese la mano. "Giles, per gli amici."

Lei mise la mano in quella di lui e la strinse con fermezza. "Lord... Felicity."

L'uomo scoppiò a ridere. "Il piccolo lord Felicity, eh? Me lo ricorderò."

"A dire il vero, rispondo al nome di 'Felix,'" ammise Felicity. Così come al pronome *lui*. Spacciarsi per il fratellino di Cole era stato fondamentale per la sua sopravvivenza. Imparare a essere una lady era cominciato con l'imparare a essere di nuovo femmina. E a imparare a indossare il corpetto... come quello che lei aveva scartato dietro al paravento. La sua nuca si scaldò. "Ma anche un banale 'Felicity' andrà bene."

"Non c'è niente di banale in voi." Gli occhi azzurri di Giles catturarono il suo sguardo prima che l'uomo si voltasse nuovamente verso la biga. "Cosa ne pensate di allargare le ruote per avere una presa migliore su fondo irregolare?"

Felicity non stava pensando per nulla alle ruote. Giles Langford aveva per caso appena sottinteso di trovarla attraente?

"Nessun commento?" L'uomo, sorpreso, fece capolino con la testa dalla ribalta. "Non so perché, ma credevo che lord Felix sarebbe stato persino più loquace di lady Felicity."

"Non c'è bisogno di usare 'lord' o 'lady.' I soci si chiamano per nome." Felicity accennò col capo al veicolo. "Le ruote larghe sono pesanti. Che ne pensate di farle più strette e più leggere?"

E fu così che si tuffarono nel lavoro, dimentichi di qualunque imbarazzo. Passarono in rassegna ogni centimetro della biga, discutendo e assentendo, ipotizzando e scherzando.

Solo una volta che si ritrovarono spalla a spalla sotto la biga, Felicity si rese conto di quanto fosse più facile trascorrere il tempo in compagnia di Giles che decifrare le danze dell'accoppiamento tipiche delle sale da ballo.

Lì con Giles, lei era davvero se stessa. Non semplicemente una donna coi pantaloni, ma un collega carrozziere. Era una sensazione inebriante, da far martellare il cuore.

Giles non le parlava come se stesse facendo un favore a suo fratello, o nemmeno alla maniera in cui i lord coi quali Felicity ballava parlavano alle debuttanti. La trattava come se lei fosse sua pari. Come se quell'uomo abile e attraente non volesse essere altrove che al suo fianco.

Felicity non si accorse di fissare fino a quando non si rese conto che l'uomo le stava restituendo lo sguardo. Il respiro le si impigliò nei polmoni, ma lei non riuscì a distogliere lo sguardo. Non importava quanto fossero arrossite le sue guance.

Si morse il labbro per trattenersi dall'esprimere ad alta voce quello che provava.

L'uomo inclinò la testa. "Colehaven sostiene che l'unico motivo per il quale ha affidato la sua carrozza a me invece che a voi è perché io ho una fucina vera e propria e voi no."

Felicity sorrise. Non avere una fucina vera e propria era l'unica scusa valida con cui un fratello potesse preferire un fabbro diverso da sua sorella.

"Ora sapete cosa regalarmi a Natale."

Giles affettò un'espressione arrogante. "Non troverete mai una fucina migliore della mia."

Vero.

Nessuno dei due disse ciò che pensava davvero. Che quello – qualunque cosa esso fosse – sarebbe finito presto. Non ci sarebbe stato un Natale. Tra di loro non avrebbe potuto esserci nulla.

Se non il piacere continuativo della reciproca compagnia negli otto giorni a venire.

"Mi piace la vostra fucina," disse timidamente Felicity. *E mi piacete voi.*

L'uomo le lanciò un'occhiata di lusingata sorpresa. "Davvero?"

"Credevate che così non fosse?"

Sollevando una spalla, lui le rivolse un sorriso sghembo. "È una fucina."

"Una splendida fucina." Felicity passò lo sguardo sull'ambiente simile a un palazzo. "Pulita, ordinata, ben fornita, impressionante…"

Trovarsi in quella fucina era come far visita a un negozio di giocattoli. Ogni scaffale e ogni gancio erano pieni di meraviglie nuove, che attendevano solo che lei le esplorasse. La bottega aveva un odore terroso, particolare, un'atmosfera comoda e invitante, un'atmosfera… di casa.

Il cuore di Felicity pulsò allarmato. Quello non era il suo bel negozio. Non poteva tenerselo, né poteva tenersi Giles. Le vennero le palpitazioni al pensiero. Inorridita dalla direzione che aveva preso la sua mente, cercò d'istinto un modo per rovinare il momento.

"Mi dispiace che voi disapproviate il mio modo di scegliere marito."

Quelle parole antipatiche infransero la tranquillità amichevole come un maglio il ghiaccio. Felicity riuscì praticamente a percepire le schegge fredde che piovevano su di loro.

"La maggior parte dei lord della città sono miei clienti, o amici che frequento al Duca Malandrino," rispose Giles in tono indifferente. "È solo che non mi aspettavo di trovare i loro nomi su una lista della spesa."

Felicity avvampò. Giusto. Si meritava quel rimprovero. E non poteva nemmeno discutere. Era stato Cole a creare la prima lista di potenziali mariti approvati. Felicity l'aveva raffinata. Per Giles, probabilmente, i "motivi pratici" non facevano che farla sembrare ancora più mercenaria.

"Non sapevo che fossero amici vostri," borbottò lei.

"Certo che no." Un muscolo guizzò nella tempia di Giles. "Un fabbro, amico dell'aristocrazia? Orrore." L'uomo arricciò il labbro e distolse lo sguardo. "Detesto quando qualcuno come voi fa supposizioni su tutti gli altri."

Felicity inarcò le sopracciglia. "Qualcuno come me?"

"Qualcuno che si crede migliore di me."

Lei rimase a bocca aperta. "Io non credo di essere migliore di voi!"

"E perché non dovreste?" L'uomo cominciò a contare con le dita. "Avete un titolo altisonante e io no. Vivete in un quartiere di lusso e io no. Avete degli abiti eleganti, un modo di fare raffinato e andate a feste di alto livello, e io no. Avete più amicizie, più denaro, più influenza... Devo proseguire? Probabilmente, siete anche convinta di essere un carrozziere e un pilota migliore."

"Solo un carrozziere," scattò lei. "Come pilota, sono seconda."

Giles la guardò con aria perplessa.

"Avete ragione," disse lei, con un sospiro frustrato. "Non sul fatto che io mi ritenga migliore di voi, ma sul fatto che, sotto molti aspetti, la società crede che io lo sia."

"L'*alta* società," la corresse lui.

"L'alta società," confermò Felicity. "Avete ragione. Nessuno di noi dovrebbe fare supposizioni. Sapete perché ho cominciato a trafficare con le carrozze da giovane?"

"No," rispose Giles.

Felicity si morse il labbro. Era davvero pronta a condividere quella parte del suo passato? Sarebbe *mai* stata pronta a permettere che qualcuno conoscesse tutti i suoi segreti?

"Genitori indulgenti?" tirò a indovinare Giles.

"No," mormorò lei. "Vi basti sapere che so esattamente quanto sono fortunata e che non sono migliore di nessun altro. Se lo fossi, uno dei gentiluomini in quella lista mi avrebbe già sposata."

Motivi pratici o meno, non poteva fingere che ciò non le rodesse. Se uno dei suoi temporanei corteggiatori avesse voluto Felicity come persona e non come semplice ornamento, avrebbe firmato qualunque clausola prematrimoniale suo fratello avesse voluto. Il fatto che avessero tutti preferito sposare qualcun'altra... beh. Felicity non poteva lasciarsi ferire. Nemmeno lei li aveva scelti per le loro personalità.

Il matrimonio era un contratto. Una decisione d'affari. Non poteva lasciare che le emozioni si intromettessero.

"È davvero quello che volete?" chiese a bassa voce Giles.

Felicity abbassò lo sguardo. L'uomo era troppo grande, troppo talentuoso, troppo. Lei adorava ogni momento trascorso a lavorare con lui. Lo sognava persino la notte. Sognava un mondo in cui il loro sodalizio non dovesse essere temporaneo. Chiuse le dita attorno al manico di un ferro per resistere a un'ondata di rimpianto. Un giorno, presto, avrebbe dovuto voltare le spalle a Giles e alla sua fucina, senza guardarsi indietro. Per quanto ciò le facesse male.

Da quando si erano conosciuti, un enorme vuoto le riempiva il petto al pensiero di tutto ciò a cui avrebbe dovuto rinunciare per realizzare il sogno di dare qualcosa in più a chi ne aveva più bisogno.

Se avesse infranto la promessa che aveva fatto ai bambini, non sarebbe stata migliore di nessuno.

Sarebbe stata peggiore di tutti.

Giles era forse l'unica persona che fosse in grado di capire perché lei preferisse sposare un uomo ricco che disprezzava piuttosto che uno spiantato che amava. Non poteva esserci scopo più nobile che aiutare dei bambini. Fino al giorno prima, lei aveva ignorato che quello fosse un altro tratto che avevano in comune. Questo non faceva che renderle Giles ancora più gradito.

Lui era un brav'uomo, ma aveva ragione quando osservava le differenze nei loro status sociali. La beneficienza che lui faceva nella sua forgia era l'esempio perfetto di ciò che lei sperava di vedere, ma non avrebbe cambiato nessuna legge alla Camera dei Lord. Felicity non voleva aiutare solo un quartiere. Aveva giurato di aiutarli tutti.

"Parlatemi dei vostri aiutanti locali," disse. "Quand'è che i ragazzi hanno cominciato a venire?"

"Non appena hanno sentito odore di biscotti," rispose Giles. "Potreste credere che i ratti abbiano un olfatto acuto, ma i roditori sono dei principianti rispetto ai ragazzi di dodici anni."

"Vengono per la limonata e rimangono per fondere lentamente il ferro su un fuoco rovente?" chiese ironica lei.

Giles le rivolse un sorriso irriverente. "Ognuno ha il suo prezzo."

"E qual è il vostro?" chiese Felicity. "Ottenete qualcosa dal tempo che offrite?"

"Dei bambini nella fucina," rispose senza esitare l'uomo. "Ho amato la mia infanzia. Trascorrevo ogni minuto di veglia qui, con mio padre."

Felicity si guardò attorno interessata. "Questa era la fucina di vostro padre?"

"Un terzo lo era. Da allora, l'ho ampliata due volte. C'è spazio in abbondanza perché i bambini imparino e crescano. Un giorno, anche i miei figli mi talloneranno per pormi mille domande. Ma fino a quando non mi sarò sposato, i bambini del posto sono più che sufficienti."

Felicity ebbe la sensazione che una palla di ghiaccio si fosse schiantata contro il suo ventre.

Per anni era stata consumata dal pensiero di quando si sarebbe sposata e di chi avrebbe sposato. Non le era mai venuto in mente che Giles – carrozziere straordinario e celebrato Re della Biga – potesse avere gli stessi pensieri. Avere una sua lista di requisiti non negoziabili. Un elenco di potenziali spose in tasca.

Il suo nome non sarebbe stato su quell'elenco.

La futura moglie di Giles era qualcuna che avrebbe vissuto con lui sopra la fucina, che avrebbe portato un vassoio di legno pieno di limonata in bottega, dove i suoi figli e le sue figlie avrebbero fatto del loro meglio per imitare il loro attraente padre.

Felicity non avrebbe dovuto interessarsi a cosa faceva Giles, ricordò a se stessa. Non era lì per un interludio romantico, ma per lavorare sulla biga di suo fratello. Non importava quanto libera e rilassata si sentisse con lui; quanto lui la mettesse a suo agio con le sue teiere e i pantaloni in prestito e la certezza della sua capacità di smontare il veicolo per ricostruirlo ancora migliore. Quanto lei volesse che lui la baciasse.

Ah, ma chi voleva prendere in giro? Ci voleva tutta la sua forza di volontà per non tuffarsi tra le braccia di Giles.

Più l'uomo non cercava di farla innamorare di lui, più accettava senza esitare qualunque cosa lei volesse o non volesse fare, dare o condividere, più Felicity non riusciva a trattenersi dal riservargli un posticino speciale nel profondo del suo cuore.

Le tremavano le mani. Doveva uscire dalla fucina prima di lasciare che i suoi sentimenti interferissero con la logica.

Felicity balzò in piedi. "Devo–"

La mano di Giles le toccò il braccio. "Cosa c'è?"

Se l'era dimenticato. La mano dell'uomo era sul suo braccio. Calda e forte attraverso la manica sottile.

Dannazione. Non la manica *di Felicity*. La manica *di Giles*. Lei indossava ancora gli abiti che l'uomo aveva preparato per lei.

"Devo… restituirvi i vestiti," riuscì a dire.

La mano dell'uomo era ancora sul suo braccio.

Lei sperò che non l'avrebbe mai tolta.

"Se li lasciate qui," disse Giles, "li troverete sempre su quello sgabello, esattamente nelle stesse condizioni in cui li avete trovati oggi."

Era possibile andare in brodo di giuggiole per il dono di un paio di pantaloni da uomo? Sì. A quanto pareva, sì, era davvero possibile. Il cuore di Felicity non voleva saperne di smetterla di correre.

"Mi dispiace che voi mi vediate sempre… *così*." Felicity gesticolò per indicare se stessa. O, quantomeno, avrebbe voluto farlo.

A quanto pareva, la sua mano aveva una volontà propria, perché le punte delle sue dita sfiorarono ora leggermente il braccio di Giles. Non era *esattamente* un abbraccio – le dita di lei sul braccio di Giles, il pollice di lui che la accarezzava appena al di sopra del polso – ma era qualcosa che lei avrebbe dovuto assolutamente fermare.

Subito.

O magari nel giro di qualche minuto.

"Non vi trovo meno bella perché non indossate un abito che odiate," disse a bassa voce l'uomo. "Ai miei occhi, voi siete più bella quanto vi consentite di essere voi stessa, piuttosto che fingere di essere un'altra persona."

"È…" Le parole le vennero meno.

Giles ebbe un sussulto. "Troppo ardito?"

Non abbastanza.

Felicity mise entrambi i palmi tremanti sui lati del petto muscoloso dell'uomo e incrociò lo sguardo dei suoi occhi blu cobalto. "Da quando ci siamo conosciuti, non ho smesso di chiedermi come sarebbe baciarvi."

"Non potete immaginare quanto sarei felice di aiutarvi a scoprirlo." L'uomo le circondò il volto con le mani ruvide come se lei fosse la cosa più preziosa che avesse mai toccato. "Ma vostro fratello–"

"–non è qui," mormorò Felicity. "Non c'è nessuno. Solo voi e io. Cosa avete intenzione di fare?"

L'uomo portò la bocca alla sua prima che lei avesse finito di parlare.

Felicity aveva pensato che una forgia fosse calda? Quelle fiamme non erano nulla rispetto al calore che il bacio di Giles accese in lei. Felicity fece scivolare le mani verso l'alto, sul petto dell'uomo, fino alle sue ampie spalle, e intrecciò le dita dietro al suo collo.

Ora era in punta di piedi. Una posizione precaria in circostanze normali, ma le circostanze erano tutt'altro che normali, ora. Era sbilanciata – lo era sin dal momento in cui aveva conosciuto

Giles – ma non doveva temere di cadere. L'uomo era lì, pronto ad afferrarla.

Il suo seno premeva contro il petto di Giles in maniera deliziosamente sensuale. E le sue gambe... santo cielo, le sue gambe! Senza un abito e una sottoveste a riempire lo spazio tra di loro con ingombranti metri di tessuto, Felicity era libera di premere le gambe contro quelle dell'uomo, di sentire la forza e il calore delle sue cosce ferme contro le sue membra tremanti. Anzi, si rese conto con eccitazione crescente, riusciva persino a sentire–

"Langford?" gridò una voce maschile dalla strada. "Ci siete?"

Felicity e Giles si separarono con un sobbalzo, ansimando, fissandosi con occhi spalancati ancora pieni di desiderio. Se il sedile della biga di suo fratello non avesse coperto il loro bacio...

"Andate là dietro," gracchiò Giles mentre si sistemava i vestiti.

Felicity cercò di calmare il proprio cuore. Se la voce di Giles tremava dopo quel bacio, Dio solo sapeva che razza di verso le sarebbe uscito dalla gola se avesse fatto la sciocchezza di parlare. Si passò una mano sul petto per cercare di lisciare eventuali grinze, poi sbirciò da dietro la carrozza per osservare il nuovo visitatore.

Visitatori. Plurale.

I sei ragazzi del giorno prima, assieme a un alto uomo dai capelli castano-ramati e il sorriso pronto, e... due ragazzine?

Lo sconosciuto rivolse un cenno del capo a Giles. "La sorella maggiore di Kenneth, Maria, e la sorella minore di Norman, Beatrice, come mi avevi chiesto."

Due dei ragazzi sorrisero radiosi d'orgoglio fraterno.

Con un sorriso altrettanto ampio, Giles fece cenno a Felicity di uscire dal suo nascondiglio. "Permettetemi di presentarvi Hugh Tarleton, il parroco della chiesa di St. Giles. I ragazzi li avete già conosciuti ieri. Due vengono dalla parrocchia di Hugh e queste sono le loro sorelle. Signore, è splendido conoscervi."

Le ragazze ridacchiarono.

Il signor Tarleton si schiarì la voce. "E chi è…"

Il cuore di Felicity mancò un battito. Avrebbe fatto meglio a restare nascosta? Non conosceva quell'uomo, ma–

"Il mio meccanico," rispose senza indugio Giles.

Il *suo* meccanico. Felicity avrebbe voluto odiare il suono di quella parola. E invece, essa sapeva di musica. Di appartenenza.

Il signor Tarleton si inchinò di nuovo, sebbene lei non si fosse presentata.

"Lavorate col migliore," le assicurò.

"*Lui* lavora con *la* migliore," ribatté sorridendo Felicity.

Le ragazze la fissarono con gli occhi spalancati. "Siete davvero un meccanico donna?"

"Uno dei migliori, tra le donne e tra gli uomini." Giles si inginocchiò per porsi all'altezza delle ragazze. "È un maestro artigiano. Questo significa che è un'esperta da quando aveva la vostra età."

Gli occhi di tutti i bambini si spalancarono per

lo stupore e la meraviglia.

Felicity si chiese se Giles si rendesse conto di quale differenza avesse appena fatto nelle loro vite con un singolo commento distratto. Non solo per le ragazze, ma per tutti i bambini. Se Felicity poteva farcela, potevano farcela anche loro. Era una via di fuga. Erano tutti nel posto giusto.

"Sono tutti in buone mani." Sorridendo, il signor Tarleton si toccò il cappello e se ne andò.

"Posso diventare la *vostra* apprendista?" mormorò a Felicity la ragazza più giovane.

Lei avrebbe tanto voluto dire di sì. Come Giles, avrebbe tanto desiderato insegnare un giorno ai suoi figli a trafficare con attrezzi e carrozze. Per loro, avrebbe potuto trattarsi di un divertimento invece che di un mezzo di sopravvivenza.

Il fatto che Giles avesse prestato attenzione alle sue parole… Che non solo avesse ascoltato il suo punto di vista, ma che si fosse subito messo in moto per includere delle apprendiste femmine il giorno immediatamente successivo… Il cuore di Felicity ebbe un guizzo. E lei aveva creduto che il tè dimostrasse che razza d'uomo era Giles? Aveva creduto che un paio di pantaloni in prestito fosse il dono più grande che un non-membro della famiglia le avesse mai fatto?

L'inclusione di Beatrice e Maria valeva più di tutti i fiori del mondo.

"Come non detto," mormorò Felicity alle ragazze. "Io non sono la migliore. Il signor Langford è il migliore."

E lei avrebbe approfittato di ogni momento rubato che fosse riuscita a ottenere.

CAPITOLO 7

Giles era da solo fuori dalle porte della sua fucina, con un cesto di vimini ai piedi.

Dopo giorni di lavoro in armonia – e diversi baci rubati – era stanco di fingere che l'innegabile legame tra lui e Felicity fosse temporaneo e privo di significato. Il loro primo bacio era stato incredibile e ogni abbraccio successivo era stato al tempo stesso più breve e più disperato del precedente, come se permettersi di meno li spingesse a cercare di prendere di più.

Oggi, lui aveva intenzione di dimostrare a Felicity che potevano essere ben più che colleghi.

Aveva il sospetto che anche lei se ne fosse accorta. Non solo per via dei baci. Chiunque poteva baciare qualcun altro senza che il gesto significasse altro che desiderio sessuale.

Ma dato che Felicity aveva accettato di fare un picnic, il sangue di Giles cantava per la pregustazione. Sarebbe stato il loro primo rendez-vous al di fuori di una fucina. Nessun lavoro da svolgere, niente apprendisti, solo loro due che avrebbero sperimentato l'evolversi del loro rapporto senza una carrozza in mezzo.

Sempre che Felicity si presentasse.

Giles estrasse l'orologio da taschino dal gilet. Sebbene gli sembrasse che fossero trascorse delle ore, le lancette dell'orologio indicavano che erano passati a malapena cinque minuti da mezzogiorno. Certo, Grosvenor Square distava appena un chilometro e mezzo dalla sua fucina in Oxford Street. Il solo fatto che Giles fosse lì fuori da dieci a mezzogiorno non significava che Felicity fosse anche solo già uscita di–

Una delle vetture pubbliche di passaggio si fermò proprio di fronte alla forgia.

Fa' che non sia un nuovo cliente, pregò Giles. *Fa' che non sia un nuovo cliente.*

La portiera si aprì, rivelando una figura senza volto che indossava il cappello più floscio, più molle, meno appagante all'occhio del mondo.

Il cuore di Giles spiccò un balzo e lui corse incontro alla carrozza.

"Sarò molto contrariato se quella mostruosità di paglia nasconde una persona diversa dalla mia stalliera," mormorò mentre lei metteva la mano nella sua.

Percepì il sorriso di Felicity piuttosto che vederlo.

La giovane sollevò la tesa del cappello a rivelare luccicanti occhi marroni. "Mi siete mancato anche voi."

Quelle cinque, semplici parole lo elettrizzarono fino alle dita dei piedi. Si erano visti solo il giorno prima, eppure lui sapeva esattamente cosa voleva dire Felicity. Non importava che lei si allontanasse dalla sua vita per cinque minuti o per dieci ore: non lasciava mai la sua mente.

Invece di aiutarla a scendere dalla vettura, Giles lanciò il cesto sul sedile di fronte e salì in carrozza per dare al vetturino indicazioni per St. James's Park.

Felicity lo guardò stupita. "Speravo che avremmo preso Bambino."

"Temevo che lo riteneste troppo riconoscibile. E poi," aggiunse lui con gli occhi stretti, "se vi lasciassi toccare Bambino, non scendereste mai per fare un picnic."

Felicity chinò il capo. "Giusto."

La tesa del cappello le ricadde di nuovo sul viso.

Giles slacciò il nastrino e infilò il cappello nel cesto.

Felicity si appoggiò allo schienale del sedile e sospirò. "Detesto quell'arnese."

"Il cesto?"

"Il cappello."

"Dategli fuoco," propose Giles. "Vi aiuterò."

"Non è necessario fuori da Mayfair," ammise la giovane. "Con questi vestiti e lontano dai soliti posti, dubito che chiunque non sia mio fratello mi riconoscerebbe. Ma ho bisogno comunque del cappello per fuggire da Grosvenor Square."

Giles serrò la mascella. Felicity non poteva correre il rischio di essere vista perché intendeva mantenere il suo posto nell'alta società, non abbassarsi a girovagare pubblicamente per la città a braccetto con un fabbro. La sola presenza di Giles avrebbe rovinato la sua reputazione. Non doveva dimenticarsene.

Abbassò lo sguardo sul cesto da picnic. Forse, un pomeriggio romantico non avrebbe cambiato nulla. Nel giro di qualche giorno, ci sarebbe stata la corsa, e poi tanti saluti.

Ma d'altro canto, Felicity aveva accettato con entusiasmo l'uscita di quel giorno. Era travestita, naturalmente, per non essere riconosciuta dai suoi pari, ma almeno era lì.

La mossa successiva spettava a Giles.

Quando la vettura li lasciò in un giardino molto meno trafficato di Hyde Park, Giles prese il cesto con una mano e offrì l'altra a Felicity.

La giovane avvolse le dita attorno al suo gomito e sorrise. "Dove andiamo?"

"Ve lo mostro." Giles la accompagnò in una lunga camminata lungo un sentiero battuto di rado, che conduceva a una piccola radura tra le sue preferite.

Adorava St. James's Park. La sua famiglia ci era venuta spesso quando Giles era bambino e, anche ora che lui era l'unico rimasto a girovagare per la natura, a volte riusciva a ricatturare la sensazione del non fare assolutamente nulla. Si sdraiava semplicemente sulla schiena, gli occhi chiusi, la brezza al profumo di rose che gli accarezzava i capelli, la calda luce del sole sul viso, mentre si prendeva un momento per godersi la natura.

Felicity rivolse un'occhiata preoccupata al cielo. "Spero che non piova."

"Non pioverà," rispose lui.

Le nubi tempestose di quella mattina erano

lontane, all'orizzonte. Il tempo sarebbe dovuto rimanere bello per il picnic.

La giovane gli lanciò un'occhiata provocante. "Siete per caso padrone anche del tempo di Londra?"

"Sono il padrone del menefreghismo assoluto per quanto riguarda la pioggia," rispose lui. "Non sono venuto qui per il tempo. Sono venuto per la compagnia. E per i baci."

Le guance di Felicity arrossirono bellamente e lei gli diede un bacio leggero prima di riportare lo sguardo sullo splendido sentiero boscoso che si allargava di fronte a loro.

Giles si era recato in quel posto speciale mille volte, da solo o con la sua famiglia, ma non ci aveva mai portato una donna. Guardò Felicity con la coda dell'occhio mentre entravano nella radura.

Gli occhi della giovane si illuminarono dalla meraviglia e lei lasciò cadere la mano dal braccio di Giles per portarsi le dita al petto.

"È bellissima!" Spalancò le braccia e girò su se stessa, per poi voltarsi verso di lui. "Come l'avete trovata?"

"È qui che mio padre portava mia madre agli inizi del corteggiamento." Giles si portò un dito alle labbra, come se stesse per rivelare un segreto. "Stando alla leggenda, non accadde nulla di più scandaloso di un paio di baci casti."

"Buon Dio!" Felicity gemette, simulando stupore. "Tutto, ma non i baci casti!"

Giles annuì gravemente. "Un'oscenità imperdonabile. Ah, e fu qui che mio padre chiese a mia madre di sposarlo. Per cui, c'è anche *quel* precedente."

Si aspettava che Felicity inorridisse all'idea di un corteggiamento in corso. Invece, lo sguardo della giovane si intenerì.

"Come faceva a sapere che lei avrebbe detto di sì?"

"Non lo sapeva." Giles posò il cesto in una nicchia ombrosa accanto ad alcuni fiori selvatici. "È per questo che la portò qui. Sperava che circondarla di bellezza lo avrebbe avvantaggiato."

"E così fu?"

"Assolutamente. Nel corso di un'estate, mio padre ottenne due casti baci e l'amore di una vita. Una vittoria indiscutibile." Giles stese una morbida coperta di lana sulla verde erba primaverile e fece cenno a Felicity di raggiungerlo.

Lei prese posto accanto a lui. "Da quanto sono sposati?"

"Trentacinque anni il mese prossimo." Giles estrasse formaggio e frutta dal cesto. Usando il coltellino pieghevole, cominciò a tagliare dei pezzettini su un piattino.

"È molto tempo."

"Per essere sposati?"

"Per avere i genitori."

Giles la guardò, le viscere che si contraevano per l'empatia. Nel suo intento, la storia avrebbe dovuto essere romantica, non un modo per sottolineare le differenze tra ciò che lui aveva e ciò che aveva lei.

"So di essere fortunato," disse a bassa voce. "Ne

sono grato ogni singolo giorno. Mi dispiace che i vostri genitori non ci siano più."

"Non me li ricordo," ammise poco dopo Felicity. "Ci provo, ma… Cole è l'unico che io abbia mai avuto. Non avevamo tempo di piangerci addosso."

Giles dubitava che ciò fosse del tutto vero. Sapeva per esperienza che una persona era perfettamente in grado di lavorare duramente e, al tempo stesso, di piangere per un grave lutto. L'infanzia di Felicity non era stata di certo facile.

"Sono lieta che vostro padre fosse il genere d'uomo che portava suo figlio a fare picnic." L'espressione della giovane era pensierosa. "Non c'è nulla che io e Cole non faremmo l'una per l'altro. È per questo che me ne intendo di carrozze. Abbiamo trascorso la nostra infanzia lavorando in una fucina."

Giles le ravviò una ciocca di capelli dietro l'orecchio. "Non dubito che foste un'apprendista straordinaria."

"Già a dieci anni dicevo a tutti che sarei diventata fabbro, un giorno," ammise Felicity con un sorriso di auto-deprecazione. "E voi? Avete sempre voluto diventare carrozziere?"

"Assolutamente sì," rispose lui. "La mia famiglia non mi avrebbe certo disconosciuto se avessi voluto diventare macellaio o chimico, ma non ho mai avuto dubbi. Sono nato per questo."

La sua famiglia non era mai stata ricca, ma avevano sempre creduto gli uni negli altri e in lui.

"Avete sempre voluto essere duchessa?" chiese,

pensando all'elenco stilato dalla giovane. "O contessa, o marchesa?"

Felicity arricciò il naso. "No. Per molto tempo, sono stata troppo preoccupata dall'oggi per pensare al domani. Tutto è cambiato quando Cole ha ereditato il titolo di duca. All'improvviso, c'era un futuro di cui preoccuparsi. Tutto quello che è in mio potere è di fare le scelte migliori possibili."

Giles voleva un matrimonio felice e colmo d'amore, come quello dei suoi genitori. Gioia e felicità per trentacinque e passa anni.

"Avete mai preso in considerazione," chiese prudentemente, "la possibilità di un'unione d'amore?"

"L'amore non riempie lo stomaco." Lo sguardo degli occhi scuri di Felicity era tormentato. "Mi rifiuto di crescere una famiglia in povertà e ho intenzione di riscattare quanti più bambini è possibile da situazioni del genere. Sposerò qualunque uomo i cui privilegi possano fare il bene maggiore."

Giles le porse in silenzio un piatto di frutta. Non trovava nulla di biasimevole nel suo obiettivo di migliorare il futuro dei bambini. Anzi, lo condivideva. Semplicemente, lui e Felicity stavano seguendo due strade diverse per conseguirlo.

Il cuore grande che lui ammirava tanto era la ragione per cui Felicity non si sarebbe mai concessa di vederlo come qualcosa di diverso da una temporanea diversione. Lui poteva offrire l'amore, ma lei non lo stava cercando. A Giles mancava il pedigree importante richiesto perché il suo nome entrasse a far parte della lista.

E tuttavia, non riusciva a non desiderare che ci fosse un modo per convincere Felicity a guardare a lui come a qualcosa di più.

"Vorrei che mi permetteste di lavorare su Bambino," disse la donna mentre si metteva un acino d'uva in bocca.

Giles finì l'ultima fetta di mela. "Non lavorerete mai su Bambino."

"Vi ho visto gareggiare," disse lei. "Potrei esservi d'aiuto."

"Ho *vinto*," le ricordò lui. "E facilmente, se ben ricordate."

"Ma non sarebbe splendido lasciarvi alle spalle i vostri avversari in una nube di polvere *ancora* più grande?" insistette la giovane, gli occhi marroni che brillavano. "Potrei ridurre il vostro tempo di almeno trenta secondi."

"Non se ne accorgerebbero nessuno." Giles estrasse l'orologio dal taschino del gilet. "La maggior parte degli strumenti di misurazione non mostra i secondi."

"*Voi* ve ne accorgereste," disse sicura Felicity. "L'unica ragione per cui non accettate è perché significherebbe ammettere che al Re della Biga potrebbe essere sfuggito un espediente o due."

Un lento sorriso minacciò di impadronirsi del volto di Giles. C'era effettivamente un espediente o due di cui sarebbe stato davvero terribile non approfittare. E non c'entrava nulla con le gare in Rotten Row.

"D'accordo," disse. "Ma in cambio di un favore, voglio un favore. Qui. Ora."

Felicity spalancò gli occhi allarmata. "C-che genere di favore?"

"Non chiederò né la vostra mano né la vostra verginità," le assicurò lui. O almeno, non lo avrebbe fatto senza il consenso entusiasta della giovane.

Il cipiglio di Felicity si accentuò. "Cosa volete, allora?"

Una possibilità.

Giles si alzò e tese la mano. "Un valzer."

"Un valzer?" ripeté confusa lei mentre metteva la mano nella sua.

Giles la fece alzare e la condusse al centro dell'erba morbida.

Felicity non poteva invitarlo nel suo mondo come aveva fatto lui, ma forse lì, tra gli alberi e gli uccellini e i fiori, potevano creare un mondo privato da condividere l'una con l'altro.

Giles cominciò a ballare.

Felicity si adattava alla perfezione alle sue braccia. Come se "insieme sotto il sole screziato" fosse il posto giusto per loro. Come se tutta la loro vita avesse condotto a quel momento, a quel luogo, alla gioia di stare l'uno tra le braccia dell'altra.

"Sapete *davvero* ballare il valzer," disse stupita la giovane, per poi arrossire. "Non intendevo–"

"Sì che intendevate," disse Giles, simulando severità. "Almack's non è l'unico posto dove si fa musica, sapete."

"Avete ragione," mormorò Felicity. "Sento la musica nell'anima, qui nel parco."

Giles aveva voluto riferirsi ai giardini di Vauxhall, ma quell'ammissione a bassa voce lo afferrò per il cuore. C'era musica dappertutto. Il fruscio delle foglie, il gorgoglio di un torrente, il canto di uno storno.

Come lei, anche lui la sentiva nell'anima.

Voleva che Felicity fosse orgogliosa di lui, voleva che fosse felice *con* lui. Non solo durante occasionali momenti rubati, ma–

"È meglio che vada," disse con riluttanza la giovane. "Devo andare a farmi prendere le misure per un vestito nuovo."

"D'accordo," disse Giles, ed era sincero. Ma le sue labbra avevano altri piani.

Felicity era già tra le sue braccia; abbastanza vicina da baciarla. Tutto ciò che lui doveva fare era chiudere la distanza che li separava.

Nulla al mondo avrebbe potuto tenere la sua bocca lontana da quella di lei.

La lingua di Felicity sapeva di dolce uva rossa e la sua pelle profumava di primavera. A ogni bacio, le sue labbra diventavano più familiari e impossibili da resistere. Era come se le loro bocche appartenessero l'una all'altra e così i loro corpi e i loro cuori.

Come poteva convincerla che anche i sentimenti di lei erano importanti?

CAPITOLO 8

Felicity infilò uno straccio pulito nella cintura dei pantaloni e tornò al suo compito di installare le ruote nuove. Ora che Giles le aveva permesso di trafficare con la cosa più preziosa che possedeva, lei era decisa a dimostrarsi degna della fiducia.

Erano soli nella fucina di lui, a lavorare sui reciproci veicoli in un silenzio amichevole, rotto di tanto in tanto da una domanda tecnica o da un commento scherzoso riguardo all'ossessione dell'altro per le bussole in ghisa o qualcosa di simile.

Felicity non ricordava di aver trascorso un pomeriggio più piacevole da molto tempo.

Quando suo fratello aveva inaspettatamente ereditato, aveva reagito in maniera diametralmente opposta a lei. Cole non aveva più voluto posare lo sguardo su una fucina o uno scalpello.

Non che si credesse al di sopra del lavoro duro, ora che possedeva un titolo. Aveva dovuto impegnarsi più di moltissimi altri per ottenere ottimi voti a Oxford e applicava quelle stesse diligenza ed energia tanto alla Camera dei Lord quanto alla sua taverna.

Per Cole, entrare in una fucina era come un fallimento. Puzzava di povertà e di lacrime di rabbia e gli faceva contrarre lo stomaco al ricordo della fame passata.

Ma Felicity non ricordava l'epoca in cui avevano vissuto coi loro genitori in un minuscolo cottage fuori Londra, dove i pasti erano semplici ma regolari, assieme agli abbracci e ai sorrisi e alle risate.

Per lei, la fucina aveva significato calore e cameratismo e un posto a cui appartenere. Aveva significato essere utile, essere necessaria. Il "piccolo Felix" era stato molto amato dal gruppo, la qual cosa non aveva fatto altro che incrementare il suo affetto nei confronti degli altri ragazzi. *Loro* erano la prima casa che lei ricordava. La prima volta in cui aveva potuto far conto su una famiglia che non fosse composta dal solo Cole.

Lasciarli era stato difficile. Non solo perché lei aveva dovuto trasformarsi dal piccolo Felix a lady Felicity, ma perché aveva dovuto imparare a orientarsi in un mondo completamente diverso.

Le chiodaie erano facili. I minuetti difficili. Il ricamo impossibile.

Ma lei aveva fatto del suo meglio e, in qualche modo, era riuscita a raccapezzarsi. L'alta società era la sua casa, ora. Doveva ricordarselo.

"Volete dell'altra limonata?" chiese la voce di Giles dall'altra parte della bottega.

Felicity appoggiò un gomito a un gancio di fissaggio. "Che fine hanno fatto le crostatine al limone che avevo ordinato?"

"La cucina è da quella parte." L'uomo indicò la porta in fondo alla stanza, quindi tornò a chinarsi sui cerchioni. "Fatene due infornate. Ho appetito."

Felicity rise sottovoce mentre controllava che una madrevite fosse ben salda. L'ultima cosa che Giles si sarebbe aspettato sarebbe stata che lei accettasse la proposta e andasse in cucina per preparare un'infornata di crostatine alla frutta.

Quello che invece si aspettava era che facesse un lavoro buono, quando si trattava di viziare Bambino, come avevano fatto lui e suo padre prima di lei. La sua fede significava più di mille sonetti.

Non che lei fosse interessata alle poesie d'amore, ricordò a se stessa. Il solo fatto che si sentisse a casa nella fucina di Giles come nella sua non significava che essa sarebbe *diventata* la sua casa.

Significava solo che doveva godersi ogni minuto del loro tempo insieme, perché non avrebbe mai più avuto momenti come quello da condividere.

Non poteva nemmeno entrare nella taverna di suo fratello senza distruggere la propria reputazione, tantomeno mantenere una biasimevole amicizia con un carrozziere.

Anche se questi sapeva ballare il valzer come un angelo e dare baci più allettanti del diavolo in persona.

Giles fece capolino con la testa dal poggiapiedi. Il suo bel sorriso irresistibile accelerò nuovamente i battiti del cuore di Felicity. "Ho davvero appetito."

"E io non ho davvero intenzione di preparare crostatine al limone," disse lei con le sopracciglia inarcate.

In verità, non sapeva come farle. Se lo avesse saputo, sarebbe stata tentata di prepararne una dozzina ogni giorno, solo per avere una scusa per trascorrere più tempo con lui.

Giles buttò il grembiule sulla superficie libera più vicina. "Venite. Andiamo a bere un po' di tè."

Il battito del cuore di Felicity schizzò alle stelle. Andare… dentro? Negli alloggi privati di Giles?

Il suo stomaco brontolò proprio in quel momento. Restava da vedere se avesse fame di tè o dei baci inebrianti di Giles.

Probabilmente di entrambi.

Mise il grembiule accanto a quello di lui e lo seguì fino alla porta sul retro.

Il tè non era un corteggiamento, ricordò a se stessa. Il tè era una bevanda bevuta da tutti. Non significava nulla.

Anche se le farfalle nel suo stomaco non erano d'accordo.

Seguì l'uomo fino a una scala che conduceva a una bella residenza privata che dava sulla strada opposta. Era pulita, ordinata e accogliente, proprio come la bottega.

A differenza della bottega, non c'era rischio che né i clienti né i giovani apprendisti entrassero dalla strada.

Lì… poteva succedere di tutto.

"Mi piacciono le vostre stanze," disse timidamente Felicity.

"Davvero?" chiese l'uomo, palesemente stupito. "Io credo che manchino dorature e affreschi, per non parlare di un umile pavimento di marmo."

"Mancano le crostatine al limone," gli ricordò lei. "I pavimenti di marmo non si mangiano."

"Non ho mai provato," disse lui con gli occhi spalancati. "Da Almack's li servono con un pizzico di sale o con delle salse francesi?"

"Non dovreste cucinare?" brontolò Felicity. "Mettete un po' di polvere d'oro nel mio tè."

"*Ecco* cosa dovevo prendere al mercato." Giles la baciò sulla punta del naso, poi la condusse in un salotto soleggiato con una grande finestra e comode poltrone. Una volta che lei si fu messa comoda, l'uomo tirò un cordone.

Subito apparve una cameriera dal viso pulito. "Sì, signore?"

Felicity rimase di stucco. Non avrebbe dovuto stupirsi che Giles avesse una cameriera. In caso contrario, chi gli avrebbe preparato i pasti e chi avrebbe stirato i pantaloni per le donne sue colleghe? L'uomo era troppo occupato per occuparsi di persona di quelle minuzie. Il suo tempo era meglio speso nelle rimesse e sulla pista da gara.

E poi, la lista stesa da Cole di corteggiatori approvati menzionava esclusivamente uomini più ricchi di Creso, e costoro erano tutti clienti di Giles. Se quanto gli pagava suo fratello era indicativo del suo reddito, Giles poteva permettersi più servitù della metà dei cacciatori di dote che frequentavano Almack's.

Non c'era da stupirsi che la casa dell'uomo fosse più elegante di quanto lei avesse immaginato.

"Vi siete resa conto solo adesso che anche gli uomini non titolati possono vivere agiatamente?" chiese sarcastico l'uomo.

Felicity avvampò.

"In mia difesa," spiegò, "non ho mai conosciuto nessuno di loro. Una volta, ero incredibilmente povera e non avevo nulla; poi sono diventata incredibilmente ricca e ho avuto tutto. Non ho mai avuto la possibilità di sperimentare come fosse avere *alcune* cose."

"Io non ho *alcune* cose," disse Giles mentre prendeva posto su un comodo divano alla sua sinistra. "Ho tutte le cose che mi interessano. Le cose che apprezzo maggiormente non possono essere acquistate."

Un uomo che aveva già tutto non aveva bisogno di niente… e di nessuno.

Non c'era spazio per lei. Non nella casa di Giles, non nella sua fucina, non nella sua vita. Felicity avrebbe dovuto esserne lieta. Ciò avrebbe dovuto renderle più facile allontanarsi. E tuttavia, il pensiero di farlo le apriva un buco nel petto.

Si morse il labbro. "Non c'è proprio nulla che desideriate?"

Invece di rispondere, l'uomo distolse lo sguardo. La cameriera era appena arrivata con un vassoio carico di sandwich e il servizio da tè.

"Lasciate che sia io a versare, questa volta," disse Felicity.

Giles sollevò una mano in segno di resa.

"Versate in fretta," disse, "o potrei mangiarmi tutti i sandwich mentre voi vi attardate."

"Una signora non si attarda mai quando si tratta di tè," gli assicurò lei.

In effetti, non si rivolsero più la parola prima di aver mangiato fino all'ultima briciola.

"Non siete l'unica ad aver cominciato con poco e ad aver finito con più che a sufficienza," disse Giles mentre collassava contro lo schienale della sedia con un sospiro soddisfatto.

Felicity ebbe un tuffo al cuore. Gli altezzosi membri del *ton* avrebbero considerato qualunque dimora fosse meno di un palazzo alla stregua di una disgraziata baracca, ma Felicity comprendeva da vicino il sentire di Giles. Semplicemente, non si era resa conto che avessero anche quello in comune.

"Non avete sempre vissuto qui?" chiese stupita.

"Vivevo laggiù, una volta." L'uomo indicò l'ingresso. "Dall'altra parte di quella porta ci sono delle altre stanze, che si trovano sopra il nucleo originario della forgia. È lì che vivono i miei genitori."

Felicity rimase di stucco. Questo significava che le "stanze" di Giles occupavano mezzo isolato... e che quelle dei suoi genitori occupavano l'altra metà.

"Come avete fatto a permettervi tutto questo spazio?" chiese.

Non era una domanda che si potesse fare in compagnia educata, ma lei e Giles non erano in compagnia educata. Erano due persone che, un tempo, avevano conosciuto intimamente il valore e la perdita di ogni singolo mezzo penny.

"Le corse," rispose semplicemente l'uomo. "A quanto pare, correre rischi rende molto di più che ferrare cavalli."

Ciò non sorprendeva minimamente Felicity. Non più.

Quando lei e Cole avevano cercato di unirsi all'alta società, erano entrambi inorriditi di fronte alle somme enormi scommesse senza alcuna ragione apparente. *Io dico che il mio cane ha le zampe più grosse del vostro. La prossima persona a varcare la soglia indosserà un cappello piumato. Scommetto la dimora di famiglia che la prossima carta che girerò sarà il fante di quadri.*

Cole non aveva mai scommesso un soldo fino a quando non era stato invitato a partecipare alle corse. Gli aristocratici viziati potevano anche sapere tutto quello che c'era da sapere quando si trattava di acquistare purosangue di valore e carrozze lussuose, ma Felicity e Cole sapevano cosa significasse prendersi cura di loro.

Suo fratello non era né il frustino né lo spericolato che era Giles – Cole accettava solo sfide che era sicuro di vincere – ma se l'offerta di gareggiare per denaro fosse stata fatta loro dodici anni prima, quando le lunghe ore alla fucina erano la cosa più simile a un modo per procurarsi un patrimonio...

Lei e suo fratello avrebbero fatto la stessa identica scelta di Giles.

Un coltello le si rigirò nel petto mentre si chiedeva come le cose sarebbero potuto andare diversamente se lei avesse conosciuto Giles come sua pari, piuttosto che nelle vesti di sorella di uno dei suoi aristocratici clienti. Invece di gestire una fondazione benefica finanziata da filantropi benestanti, avrebbe potuto immergersi fino al gomito nel grasso lubrificante, a insegnare a ragazzi e ragazze come eseguire la manutenzione di una carrozza. Invece di sposare un marchese, avrebbe…

Prese la mano di Giles. "Io…"

Prima che lei potesse proseguire, una donna dai capelli bianchi e gli occhi di un azzurro limpido entrò di prepotenza nel salotto con le braccia cariche di pacchetti avvolti nella carta marrone.

"Biscotti per i ragazzi," annunciò la donna, per poi fermarsi di colpo alla vista di Felicity. "E immagino che questa sia la ragione per cui ho portato anche delle crostatine al limone."

Felicity balzò in piedi per prodursi in un'elegante riverenza. Quando si rese conto di avere ancora addosso i pantaloni, trasformò goffamente il gesto in un inchino.

"Avete preparato delle crostatine al limone per me?" balbettò nella speranza di distrarre l'ospite dall'orrendo intreccio di membra in cui si era appena esibita.

"Oh, no, santo cielo," disse ridendo la donna. "Sono una pessima cuoca. Queste vengono dalla pasticceria in fondo alla strada. Obadiah manda i suoi saluti, a proposito. Il suo carretto non è mai stato in condizioni migliori."

"Felicity," disse Giles, "vi presento mia madre, la signora Walter Langford. Madre, lei è Felicity."

Una solitaria fitta di malinconia trafisse il cuore di Felicity. Un desiderio profondo di essere qualcosa di più di una semplice ospite. Di condividere la casa di Giles, la sua bottega, la sua vita. La sua splendida madre, con le sue crostatine al limone e il suo caldo sorriso amichevole.

"Non vi interromperò a lungo," disse la signora Langford, gli occhi che brillavano con fare complice. "Volevo solo portare dei biscotti per i piccoli aiutanti di mio figlio."

Giles la baciò sulla guancia e fece per prendere uno dei pacchetti.

La signora Langford lo allontanò. "Per voi, signore, niente. I biscotti sono per i vostri giovani apprendisti, punto. Se gradite una crostatina al limone…" La donna porse un pacchetto chiuso con uno spago a Felicity. "Dovrete vedervela con la loro legittima proprietaria."

Giles rimase a bocca aperta.

La meravigliosa signora Langford prese posto sulla poltrona alla destra di Felicity. "Posso averne una?"

"Potete averne tre." Felicity, incantata, mise i dolci nel palmo della mano della signora Langford. Quanto le sarebbe piaciuto avere una madre come quella! "Per favore, dite che vi fermerete a bere il tè. Ho la sensazione che abbiate innumerevoli storie imbarazzanti da raccontare sul passato di Giles."

"Come no." La signora Langford prese una crostatina al limone. "E sarei felicissima di condividerle tutte con voi. A cominciare da quella volta a Peerless Pool, quando lui–"

"*Madre…*" esordì minaccioso Giles.

La signora Langford lo liquidò con un gesto

l'interruzione. "Ah, d'accordo. Dovrò attendere la prossima volta, cara. Temo di non potermi fermare a lungo." Il tono di voce della donna si abbassò mentre si rivolgeva al figlio. "Potresti passare presto... per..."

"Sì," disse subito l'uomo. "Non mi sono dimenticato."

Il sorriso di Felicity vacillò. Il miraggio sfarfallò e svanì. C'era qualcosa in ballo, ma le vite di quei due non avevano nulla a che vedere con lei. Quella non era la sua famiglia. Quella non era casa sua.

Quello non era il suo posto.

CAPITOLO 9

"Colehaven!" esclamò una marea di voci, seguita da un grido altrettanto esuberante di "Eastleigh!"

I suoni di risate e di bicchiere tintinnati colmarono la taverna del Duca Malandrino mentre gli avventori salutavano l'arrivo dei proprietari, nonché ispiratori del nome del pub. Il fatto che i famigerati "duchi malandrini" fossero ora felicemente sposati non diminuiva minimamente il loro fascino.

Quella Stagione segnava il decimo anniversario della taverna. Dapprincipio, Londra non aveva saputo cosa pensare quando i due duchi avevano acquistato una proprietà vicino a Haymarket e ne avevano aperto le porte a clienti di ogni genere.

Era un pub elegante? Non secondo gli aristocratici che stimavano l'esclusività e il privilegio al di sopra di tutto. Era un pub popolare, nonostante l'assenza di certi benpensanti con la puzza sotto il naso? Assolutamente.

Giles bevve un robusto sorso di birra. Assieme

al fratello di Felicity, aveva conosciuto lì la metà abbiente della sua clientela. Doveva il successo della sua fucina e della sua carriera di pilota agli uomini di quella taverna.

C'erano anche delle donne, lì, anche se la maggioranza non apparteneva a una classe sociale abbastanza elevata da permettersi un cavallo, figurarsi una carrozza da fargli tirare. Nonostante i titoli elevati dei proprietari, la maggior parte dei pub di successo non era un luogo che le sofisticate signorine dell'alta società potessero frequentare, se desideravano mantenere intatta la reputazione.

Giles avrebbe voluto che Felicity potesse raggiungerlo lì. La segregazione tra le signore "rispettabili" e quelle cadute non aveva nulla a che vedere col Duca Malandrino. Anzi, quella taverna innovativa faceva del suo meglio per accogliere tutti. Il problema era il palese doppio standard della società.

Tutta la vita di Felicity doveva essere così, si rese conto lentamente Giles. La giovane si travestiva non perché si vergognasse di ciò che piaceva, ma perché non le era mai concesso di essere semplicemente se stessa.

Essere una lady suonava davvero terribile.

Un boccale di birra fresca fu posato sul tavolo di fronte a lui. "Come sta la mia biga?"

Giles sollevò il bicchiere per brindare con Colehaven. "Vinceremo."

"Ci conto."

Anche Giles ci contava. Dopo ogni corsa importante, il Duca Malandrino dava sempre un ricevimento di benvenuto ai piloti e agli spettatori.

Mantenere una reputazione diffusa e immacolata era il modo in cui Giles conquistava futuri clienti. Non poteva permettersi di perdere una gara… o di perdere gentiluomini come Colehaven tra la sua clientela. Non se voleva conservare tutti i suoi apprendisti e aiutanti.

"È Raymore quello?" Colehaven sollevò il boccale dal tavolo. "Scusatemi per un momento. Devo parlare con lui di una faccenda che riguarda la Camera dei Lord."

Giles inclinò la testa, ma il duca se n'era già andato. Faccende della Camera dei Lord. Un altro promemoria del fatto che non c'era bisogno di esplicitare i motivi per cui il suo nome non era mai stato sulla lista di Felicity.

Posò il boccale. Aveva ancora tempo per finire la birra, ma essa non gli interessava più. Pur non essendo un lord, anche lui aveva un incontro importante. Felicity sarebbe venuta alla fucina fra un'ora. Se fosse uscito subito, sarebbe potuto andare a casa, cambiarsi d'abito, magari fare un salto alla pasticceria in cerca di crostatine al limone…

Felicity era già al pianterreno a lavorare su Bambino quando lui entrò dalla porta. Il suo cuore si alleggerì.

Era davvero appetitosa, coi pantaloni da uomo.

A pensarci bene, Giles aveva cominciato a pensare che fosse davvero appetitosa anche coi suoi scialbi abiti da giorno e quell'orrendo cappello flaccido.

A quanto pareva, non erano gli abiti ciò da cui era attratto, ma piuttosto la donna talentuosa, intelligente e cocciuta sotto di essi.

Le sorrise a trentadue denti. "Siete in anticipo."

"Sono in anticipo." Felicity ricambiò il sorriso. "Ci sono dei biscotti sul piano."

"Niente crostatine al limone?"

"Me le sono mangiate." Felicity inarcò un sopracciglio. "La regola più importante della fucina di Giles è–"

"–arrivare presto," concluse lui. "Non c'è da stupirsi che foste apprendista fabbro a dodici anni."

"Tredici," corresse umilmente Felicity, posando il grembiule. "Siete pronto ad andare?"

"Sono appena arrivato," le ricordò lui, perplesso. "Inoltre… non avevate parlato di biscotti?"

"I biscotti saranno ancora qui tra mezz'ora."

"E dove saremo *noi*?"

"In arrivo a casa, spossati ed elettrizzati dopo aver portato la biga più veloce di Londra a fare un giro di prova. Il veicolo di mio fratello è finalmente pronto."

Giles la fissò.

Conosceva la sua battuta – qualcosa del tipo *Cosa vi fa pensare che la vostra biga sia più veloce della mia?* – ma il suo cervello si stava ancora frantumando per via delle prime parole della frase.

In arrivo a casa.

Casa.

Casa era lì con lui.

Giles deglutì a fatica, il cuore che galoppava in maniera troppo erratica per ragionare. Di certo, fu per quello che rispose: "Vi porto un cappello."

Lady Felicity spalancò gli occhi.

"Un cappello decente," aggiunse lui, prendendone uno appeso. "Rivestirete il ruolo di uno dei miei apprendisti, non della mia prozia Melba."

Felicity balzò a bordo con l'agilità di una cerbiatta. "Ricordatemi perché mi prendo la briga di aiutarvi a salire e a scendere dalle vetture?" brontolò Giles mentre prendeva posto accanto a lei.

"Per un'idea antiquata di cavalleria," rispose Felicity, per poi indicare la punta della stanga. "Non sono il padrone della forgia, ma credo che ci manchi un cavallo."

"Io possiedo un cavallo," le assicurò lui. "Anzi, ne possiedo diversi. Ma avevo bisogno di verificare la differenza di altezza e peso dal posto di guida."

"Decidete in fretta," implorò la giovane, mentre si stringeva le mani al petto e si agitava come un cagnolino. "Ho atteso due settimane per questo."

"Non avete atteso due settimane," disse ridendo lui. "Avete finito quello che stavate facendo pochi istanti fa, nonostante aveste cominciato appena—"

Oh.

Felicity non si riferiva al Progetto Biga. Si riferiva al Progetto Giles e Felicity.

Si erano conosciuti due settimane prima. La corsa di Colehaven si sarebbe tenuta due mattine dopo. Quella era la loro ultima occasione di rubare un momento di libertà come quello. Giles deglutì a fatica.

"Faccio portare i cavalli." Balzò a terra. "Non apportate altre modifiche mentre sono via."

"Mi limiterò a travestirmi," promise lei, cominciando a sistemare una sciarpa di lana attorno al collo di una giacca da uomo.

Nel giro di poco tempo, stavano volando lungo Rotten Row col vento fra i capelli ed enormi, sciocchi sorrisi mentre ciascuno di loro lanciava all'altro un'occhiata da *Ve l'avevo detto!*

Non avrebbero potuto chiedere un giorno migliore. Il cielo era nuvoloso a sufficienza da fornire copertura dal sole, ma abbastanza limpido da allontanare il rischio che piovesse. L'ora non era tarda abbastanza affinché cominciassero le passeggiate del *ton*, né era presto al punto da interferire con le altre corse.

Era come se Rotten Row fosse il loro Eden privato, una pista da corsa fatta solo per Giles e Felicity.

… e per qualche cavallerizzo e pedone assortiti, le cui facce passavano loro accanto talmente sfocate da risultare del tutto irriconoscibili.

"Lasciatemi guidare," ansimò Felicity quando arrivarono in fondo.

Giles accentuò la presa sulle redini. "Assolutamente no."

"È la carrozza di mio fratello. L'ho guidata cento volte. Mi avete lasciato smontare e rimontare Bambino come volevo, ma non volete cedermi il controllo della biga di famiglia per un singolo istante, nemmeno su un'ampia pista chiusa senza altre carrozze?"

"Imparate *davvero* in fretta," disse stupito l'uomo. "È come se poteste sbirciare nella mia mente."

Felicity strinse gli occhi. "So a cosa state pensando."

"Davvero?" Giles sperava di no.

Perché quello a cui stava pensando era che, la prossima volta in cui sarebbe stato su quella pista, sarebbe stato da solo… e che, in seguito, non avrebbe mai più posato lo sguardo su Felicity. Avevano meno di quarantott'ore. Non poteva rischiare che le succedesse qualcosa.

"È solo una prova," lo blandì lei, sbattendo le ciglia a una velocità allarmante.

"Gli apprendisti non sbattono le ciglia," sibilò Giles.

"Ah no?" Felicity spalancò gli occhi. "Forse non ne conoscete tanti quanti ne conosco io."

"Voi non guiderete," disse con fermezza Giles. "Ho bisogno di questa biga per vincere una corsa. Vi comprerò un altro veicolo; potrete provare quello. Una bella carrozza robusta a quattro cavalli. La farò portare qui entro domani."

"Non voglio qualcosa di *noioso*," disse esasperata la giovane. "Voglio il brivido. Potrei costruirmi una biga da sola, veloce e leggera come Bambino, se volessi."

"Fatelo, allora," suggerì divertito Giles. "Io aspetterò qui."

"Voglio solo dieci minuti," implorò la donna. "Voglio sapere come ci si sente a essere veloci, liberi e… *felici*. Non come durante le mie innumerevoli uscite di mezzanotte, da sola. Voglio sentirmi così con *voi*."

Come avrebbe potuto Giles dirle di no?

Le porse le redini. "Un minuto. Un istante in più e strapperò quelle redini dalle vostre avide mani."

"Gli orologi da taschino non mostrano i secondi," gli ricordò lei; poi, partirono.

L'espressione di gioia pura e semplice sul viso di Felicity fece comparire un sorriso altrettanto irreprensibile su quello di Giles. Il suo cuore si profuse in un piccolo ballo.

Volare lungo quella pista lo fece sentire indescrivibilmente vivo. Realmente presente nella biga, nella corsa, nell'universo. Era potere e impotenza, libertà e controllo assoluto. Non esistevano sensazioni paragonabili a quella.

In passato, Giles non aveva mai avuto qualcuno con cui condividere quella magia. Qualcuno che capisse. Qualcuno che la provasse a sua volta.

Felicity era una scavezzacollo proprio come lui. Era sicura di sé e impassibile, impavida e forte.

E aveva ragione. Giles non voleva nessun altro accanto a sé.

Tutti dicevano che lui era il migliore sulla piazza, ma lui pensava solo che avrebbe dovuto cambiare la sua proprietà unica in una società. Lui e Felicity sarebbero stati una squadra formidabile, in privato e in pubblico.

Solo quando raggiunsero l'estremità opposta della pista lei gli restituì le redini. I suoi occhi brillavano, il suo fiato era corto, il suo viso arrossato… era *energizzata*. Proprio come lui dopo ogni corsa importante.

E ogni volta che baciava Felicity.

"Venite," disse. "C'è una persona che voglio farvi conoscere."

Pochi minuti dopo, erano di nuovo alla fucina.

Felicity rise. "Ho conosciuto vostra madre ieri, per cui dovete riferirvi per forza…"

"Al padre migliore del mondo?" chiese Giles. "Le voci sono vere. Walter Langford è un punto di riferimento."

Felicity sollevò un dito con fare giocoso. "Non vi sembra un pelo egoista avere la madre migliore del mondo *e* il miglior padre?"

Li condividerò con voi, avrebbe voluto dire Giles; ma non lo disse.

Prima dovevano conoscersi.

E poi avrebbero dovuto scegliersi a vicenda.

Felicity si fermò vicino al paravento mentre attraversavano la fucina diretti alla porta sul retro.

"Un attimo solo," disse la giovane. "Lasciate che prima indossi un abito lungo."

Giles scosse la testa.

"Non c'è tempo?" chiese stupita lei.

"Non c'è bisogno di costumi," rispose Giles. "Lui vuole conoscere *voi*, non il vostro trave- stimento."

Felicity deglutì visibilmente. "Non vi sembra un pelo egoista avere la migliore delle madri, il migliore dei padri, ed essere la persona migliore che io abbia mai conosciuto?"

Giles rimase di stucco. "Per avervi permesso di portare i pantaloni?"

"Per avermi permesso di essere me," mormorò Felicity.

Prima che Giles potesse rispondere, sua madre spalancò la porta con entusiasmo. "Sei riuscito a sentire il profumo dei biscotti in forno dalla strada?"

"Pensavo che voi non cucinaste dolciumi," balbettò Felicity.

"Vero." Sua madre la trascinò nell'appartamento. "Non ci sono biscotti. Il che significa che voi due siete qui per vedere *me*."

"E mio padre," aggiunse Giles.

Sua madre esitò per un istante talmente breve che solo lui poteva essersene accorto.

"E tuo padre," concordò. "È in salotto. Vieni."

Suo padre era sempre in salotto. Fissare i passanti dalla finestra era uno dei pochi passatempi che gli erano rimasti. Era raro che si lasciasse spingere altrove quando era sveglio.

"Buon Dio," disse sconvolta Felicity quando entrò nella stanza. "Non mi avevate detto che vostro padre era ancora più bello di voi."

"Siete la prima che lui abbia portato qui," disse il padre di Giles con la sua voce bassa e tremolante. La sua lingua schioccò con un rumore simile al chiocciare di una gallina. "Potete fermarvi per un momento?"

"Posso fermarmi per ore." Ignorando le poltrone a vela, Felicity trascinò un poggiapiedi accanto alla sedia a rotelle del padre di Giles, in modo da potersi sedere accanto a lui alla finestra. "Giles non aveva mai portato degli amici a conoscervi?"

"Ah, i suoi *amici*," sbuffò l'uomo. "Certo, e parecchi. Giles ha più amici che un cane pulci. Ma non aveva mai portato una..." Il padre di Giles abbassò la voce. "Perdonatemi. Devo chiamarvi lord Felix o lady Felicity?"

Felicity scoppiò a ridere e fulminò Giles con lo sguardo. "Siete terribile."

"Avevate detto che sono il migliore!" protestò lui.

"Ho cambiato idea," disse la giovane. "È una prerogativa femminile."

"Lady Felicity, allora," disse sorridendo il padre di Giles. "Sono molto lieto di conoscervi."

"Credetemi," rispose la donna. "Il piacere è mio."

Da sopra la spalla tremante di suo padre, Felicity incrociò lo sguardo di Giles. Lui capì le domande nei suoi occhi.

Felicity non si stava chiedendo perché suo padre fosse costretto su una sedia a rotelle. Le periodiche contrazioni muscolari e le mani paralitiche, la parlata lenta e biascicante, le tracce di saliva sulla mascella rigida: la cattiva salute dell'uomo era evidente.

Né si stava chiedendo perché tutti gli amici di Giles fossero volti familiari in quel salotto. Giles era orgoglioso dei suoi genitori e ne aveva ben donde. I suoi genitori erano intelligenti e divertenti, amorevoli e amichevoli. Chi mai non avrebbe voluto prendere il tè con loro?

La domanda negli occhi di Felicity era: perché lui l'aveva portata a conoscerli?

"Vuole sentire storie imbarazzanti," disse la madre di Giles al marito.

Giles chiuse gli occhi. "Madre–"

"Ne abbiamo un sacco," disse la voce tremante di suo padre. "Ad esempio, quella volta in cui avete bevuto troppo sherry quando c'era il parroco a cena e vi siete messa a cantare quella canzonetta oscena..."

"Non storie imbarazzanti su di *me*," si affrettò a interrompere la madre di Giles. "Storie imbarazzanti su nostro figlio."

"Mi piacciono tutte le storie." Felicity si appoggiò al davanzale della finestra, come se avesse un posto in prima fila a teatro. "Posso restare qui per tutta la sera."

"Vorrei che fosse vero." La madre di Giles si portò una mano alla bocca per nascondere le labbra alla vista di Giles. "I biscotti ci sono davvero, ma non ci si può fidare di Giles; se li mangerebbe tutti. Dopo averlo lasciato tornare ai suoi quartieri–"

"Guarda che sono qui," disse seccamente Giles. "E so dove nascondi i biscotti."

Sua madre incrociò le braccia ed esalò un sospiro esagerato. "Povera me."

Troppo tardi, Giles si rese conto di essersi ficcato in trappola da solo. Quando aveva portato Felicity lì, si era preoccupato per la reazione di lei, non per quella dei suoi genitori. Ma certo che era stato amore a prima vista. Ora che i suoi genitori avevano conosciuto Felicity, di sicuro avrebbero voluto tenersela. *Giles* voleva tenersela.

E lady Felicity non era il tipo di donna che si potesse tenere.

Il ballo degli Everett era la calca più grande di tutta a Stagione, ma la mente di Felicity era a miglia di distanza. Nello specifico, nella piccola e splendida radura dove Giles l'aveva portata per ballare il loro primo valzer. Era difficile concentrarsi su lampadari e orchestre quando tutto ciò a cui riusciva a pensare era ballare sull'erba senza musica, se non la loro, e il profumo dei fiori nell'aria.

Il suo cuore palpitò. La giornata al parco era stata perfetta. Sole screziato, brezza leggera, i gustosi baci di Giles che la facevano formicolare fino alle dita dei piedi. Ogni bacio, ogni carezza, le avevano fatto desiderare che il momento potesse durare per sempre. Come se le braccia di Giles fossero il luogo dove lei era nata per stare.

Ma non era solo la romantica inclinazione dell'uomo a ballare il valzer ovunque fossero. Lei avrebbe potuto presentarsi nella fucina di Giles per quella che era, vestita come le pareva, e lui le avrebbe rivolto quel sorriso seducente e le avrebbe porto un tornio. O magari una crostatina al limone e una tazza di tè appena fatto.

E le corse! Governare la biga con lui al suo fianco invece di uscire furtivamente per solitarie guide di mezzanotte era stato il momento più libero, gioioso, esilarante della sua vita. Le era parso che fossero una squadra. Come se fossero fatti per stare insieme.

Naturalmente, i genitori di lui erano perfetti. Felicity lo aveva immaginato dopo aver approfondito la conoscenza di Giles, ma loro avevano confermato i suoi sospetti nel miglior modo possibile.

L'idea di non rivederli mai più, di non scoprire mai quanto fosse oscena la canzonetta che la signora Langford aveva cantato al parroco dopo aver bevuto troppo sherry, le era quasi insopportabile.

Avrebbe *davvero* sentito la loro mancanza. E sentiva già la mancanza di Giles. L'indomani mattina si sarebbe tenuta la grande corsa delle bighe. Non c'era tempo per vederlo prima, né ci sarebbe stata la possibilità di incrociarlo dopo...

A meno che...

E se ci fosse stato un modo per lei di tenerselo? Non come consulente o amica segreta, ma come qualcosa di più? Il suo cuore spiccò un balzo. Cosa stava dicendo? Matrimonio? Giles non glielo aveva chiesto, probabilmente perché entrambi sapevano che Cole non avrebbe mai approvato un'unione tra sua sorella e un carrozziere.

Né fuggire a Gretna Green avrebbe risolto i loro problemi. Sposare Giles avrebbe significato sacrificare più del rapporto di Felicity con suo fratello. Avrebbe limitato le opere di beneficienza future. Non sarebbe stato come infrangere del tutto il voto, ma un matrimonio non aristocratico avrebbe compromesso la sua capacità di ottenere dei risultati.

Avrebbe comunque potuto aiutare i bambini della fucina, ma senza il sostegno di una fondazione benefica dagli ampi fondi, non sarebbe riuscita a salvarne altrettanti.

Fare del suo meglio sarebbe stato sufficiente?

"Eccolo," mormorò Cole.

Per un momento assurdo e irreale, Felicity quasi si aspettò di vedere Giles emergere dall'affollata pista da ballo degli Everett.

Invece, il suo sguardo incrociò quello di lord Raymore, che le sorrise prima di essere trascinato via da alcuni amici.

Un momento di sollievo. Le spalle di Felicity si rilassarono. Forse l'uomo non era stato diretto nella sua direzione, dopotutto.

Ma non era forse ciò che voleva? Il marchese non era forse la risposta alle preghiere di una vita?

"È un brav'uomo," disse burberamente Cole.

Felicity annuì. "Lo so."

Lord Raymore rispondeva a tutti i requisiti sulla lista. Ricco e titolato a sufficienza da convincere Cole che fosse il partito migliore possibile per sua sorella. Gentile e attento alle questioni sociali a sufficienza da far sì che Felicity sapesse per certo che sarebbe stato uno splendido alleato nei suoi piani di direzionare le risorse del *ton* verso coloro che ne avevano più bisogno.

Un sogno realizzato. Felicity deglutì a fatica.

"Facciamo entrambi parte della commissione per la riforma del lavoro minorile," proseguì Cole.

Felicity annuì nuovamente. Non si fidava a parlare.

"Quando l'ho visto ieri al Duca Malandrino, pensavo che volesse parlare delle nuove iniziative che aveva proposto alla Camera dei Lord." Cole rivolse a Felicity un ammiccamento complice. "Voleva farmi sapere che ti tiene in altissima considerazione e ha chiesto la mia benedizione per scoprire se tu ricambi i suoi sentimenti."

Il cuore di Felicity si fermò.

"Ce l'hai fatta," bisbigliò Cole. "Non potrei essere più orgoglioso di te. Lui è un umile marchese, piuttosto che un duca–"

Felicity sorrise debolmente.

"–ma io posso dormire felice sapendo che tu hai trovato un ottimo partito in un marito che ti tratterà come una vera signora e ti darà ogni privilegio che l'alta società abbia da offrire." Gli occhi di Cole brillavano di amore fraterno. "Raymore non avrà alcun problema a firmare un contratto prematrimoniale con una clausola riguardante le opere di beneficienza. Anzi, probabilmente insisterà per farlo. Immagina solo cosa potrete fare voi due."

Felicity lo stava *già* immaginando. Lo immaginava da quando lei e suo fratello erano due orfanelli coperti di sporcizia e grasso lubrificante. Era stato il sogno di *un futuro, un giorno* a tenerli in vita.

L'ultima cosa che lei avrebbe mai voluto fare sarebbe stata deludere suo fratello. Cole era felicemente sposato, ora, ma in passato aveva trascorso anni a sacrificarsi per Felicity. Le prime promesse che ciascuno di loro avesse mai fatto erano state rivolte all'altra persona. Riguardavano il genere di vite che avrebbero vissuto se ne avessero mai avuto l'occasione.

Ecco l'occasione. Felicity non poteva rendere vani i sacrifici di Cole.

"Eccovi qua," disse una voce allegra. "La signora più splendida di tutta la sala. Lady Felicity, posso avere questo ballo?"

Ma certo che poteva. Lord Raymore era il motivo per cui lei *era* in quella sala da ballo.

Non poteva permettersi di dimenticarlo.

Di fronte al sorriso di incoraggiamento di suo fratello, Felicity diede la mano al marchese e si lasciò condurre da lui davanti all'orchestra.

La musica ebbe inizio. Un valzer.

La sottoveste le provocava prurito. L'aria stagnante era insopportabile e gli strati delle gonne erano troppo pesanti. Felicity avrebbe voluto indossare i pantaloni. Anzi, no, le brache. Erano lunghe la metà dei pantaloni e, in mezzo a quell'afa, qualunque sollievo sarebbe stato il benvenuto.

Ma non c'erano brache nel suo futuro, giusto? Solo mille altri balli identici a quello, coi suoi abiti che si facevano più rigidi e meno vaporosi ogni anno mentre lei diventava un'anziana e rispettata matrona.

Un'anziana e rispettata matrona con le borse senza fondo del *ton* a sua disposizione.

C'erano bambini, là fuori, che non avevano vestiti puliti. Felicity era stata una di loro, un tempo. Essere costretta a sposare un ricco marchese era un sacrificio ben da poco se significava mantenere la promessa di fare tutto ciò che era in suo potere per aiutare gli altri.

"Vostro fratello mi ha detto che avete la passione per le opere di beneficienza."

Quel particolare tratto della personalità di Felicity aveva spinto alla fuga una dozzina di corteggiatori spendaccioni. Lo sguardo di lord Raymore era gentile, la sua voce interessata. Non era deluso. Era felice.

"Vorrei creare una fondazione." Le gambe di Felicity tremolarono nervosamente. Non aveva mai confessato il suo obiettivo a nessuno, se non a Cole e a Giles. *Donare qualche spicciolo* era ben diverso da *gestire un'organizzazione benefica*. "Non ne ho mai gestita una, ma…"

Lord Raymore non sbuffò. Invece, sorrise. "Guarda caso, io ho esperienza nell'ambito. La Biblioteca Circolante dei Bambini, ormai, funziona come un orologio, ma nei primi tempi–"

"Siete *voi* il benefattore anonimo dietro alla biblioteca?" esclamò Felicity.

Hester faceva donazioni a quella causa. Lo stesso valeva per lady Donnel, lady Mortram, il conte di Fortescue e innumerevoli altri.

Le guance di lord Raymore si tinsero di rosa. "Leggermente meno anonimo ora che ho rivelato a *voi* il mio segreto, ma sì. Quello è uno dei miei progetti. Non amo mettermi in mostra, ma ritengo doveroso migliorare le vite dei bambini. Parlatemi della fondazione che vorreste creare."

Le parole cominciarono a uscire dalla bocca di Felicity di loro spontanea volontà. Raymore ascoltò con attenzione, interrompendola solo con domande intelligenti e suggerimenti ponderati.

Se Felicity lo avesse sposato, non ci sarebbe stato bisogno di trascorrere il resto della sua vita scucendogli un penny alla volta. Il marchese non era solo già disposto a fare tutto ciò che Felicity sognava, ma possedeva anche i mezzi e lo status per far sì che il resto del *ton* lo imitasse.

Era fatta. Missione riuscita. Il successo era in vista.

Allora perché Felicity aveva la sensazione che le si stesse spezzando il cuore?

CAPITOLO 11

All'alba, l'aria era fredda, il cielo plumbeo striato di grigio, e Rotten Row affollata come i giardini di Vauxhall nel giorno di partenza di una mongolfiera.

Era arrivato il momento della grande corsa.

Nonostante avesse trascorso in piedi le ultime ventiquattro ore, Felicity era sveglissima.

Sei bighe immacolate stavano camminando verso la linea di partenza, due a due. In quanto campione uscente, Giles era in ultima fila, accanto a Silas Wiltchurch. Le bighe dovevano uscire leggermente di strada per superarsi, ma nessuno si preoccupava per l'erba. L'importante era vincere.

La maggior parte degli spettatori sciamava vicino alle bighe in attesa, nella speranza di gridare parole di incoraggiamento – o bonari insulti– ai conducenti.

Felicity aveva scelto un punto a venti metri dalla linea di partenza. Non desiderava vedere Giles seduto immobile in un veicolo fermo. Quello non era lo stato naturale dell'uomo. Lei voleva guardarlo volare lungo il tracciato, passando da ultimo a primo in un batter d'occhi, sullo sfondo del ruggito di una folla esuberante.

Per non parlare del fatto che, da qualche parte in mezzo a quella folla compatta, suo fratello era lì a verificare il risultato della sua scommessa. Felicity si era assicurata di mescolarsi alla folla dalla parte opposta del tracciato. Suo fratello poteva anche tollerare la sua eccentricità, permettendole di trafficare al sicuro lontano dall'occhio pubblico, ma Cole l'avrebbe uccisa se avesse scoperto che era in giro da sola. Vestita da maschio o meno.

Se la prima corsa che lei aveva visto era stata divertentissima, questa era entusiasmante il doppio. Quelli non erano vecchi veicoli che facevano una corsetta in Hyde Park. Quello era il veicolo di suo fratello. La biga su cui Felicity aveva lavorato nelle ultime due settimane.

E il pilota designato era il *suo* Giles. L'uomo le cui mani nude erano, in più di un'occasione, affondate nei suoi capelli mentre lui rivendicava la sua bocca. Non quella mattina, purtroppo. Felicity era vestita come un ragazzo, coi pantaloni, non come la prozia Melba… e non sarebbe stato appropriato baciare nessuno dei due in pubblico.

Ma in futuro non ci sarebbero più stati baci. Felicity non avrebbe nemmeno dovuto essere lì, non con una proposta di matrimonio da parte di lord Raymore in ballo. No, in ballo non c'era una semplice proposta di matrimonio, ma la sua fondazione benefica e le vite di innumerevoli bambini. *Quello* era il futuro di Felicity.

Quella corsa era un addio.

Giles non sarebbe rimasto sconvolto nello scoprire che lei intendeva accettare il corteggiamento del marchese. Non gli aveva mai nascosto i suoi piani. Entrambi avevano saputo fin dal principio quali erano le rispettive posizioni. Ciò che avevano condiviso era magico, ma temporaneo. Lo avevano saputo all'inizio e lo avrebbero saputo anche alla fine.

Boom.

Al suono dello sparo, tutte e sei le bighe partirono.

Il cuore di Felicity spiccò un balzo. Ogni centimetro di lei vibrava di gioia pura e genuina ogni volta che era vicina a Giles, anche se poteva solo guardare dalle ombre.

Una gocciolina d'acqua le si spiaccicò sul naso e lei sollevò lo sguardo verso il cielo. Le nubi scure in alto avevano lasciato cadere qualche occasionale goccia, ma non sembrava che il temporale fosse vicino.

Non che Giles ne avesse bisogno per annichilire i suoi rivali. Nessuno era anche solo paragonabile a lui in quanto ad abilità con le redini.

Mentre le carrozze la oltrepassavano, una, due, tre, quattro, cinque, *sei* – eccolo! – Giles voltò la testa all'ultimo momento, come se avesse percepito la presenza di Felicity nonostante la copertura datale dalla folla.

Non poteva vederla. Giusto?

Giles ammiccò.

Una risata istupidita minacciò di riversarsi dal petto di Felicity. L'uomo l'*aveva* vista! Lei era più invisibile che mai, vestita da uomo nel punto più improbabile di una folla molto grande, e lui l'aveva trovata facilmente come se le loro anime fossero intrecciate.

C'era da stupirsi che lei si fosse disperatamente, irreversibilmente innamorata di quell'uomo esasperante e meraviglioso? Addio o non addio, non appena Giles avesse vinto la corsa, lei sarebbe stata tentata di correre tra le sue braccia e baciarlo fino allo svenimento. Lui era—

Nei guai.

A malapena cinquanta metri oltre la linea di partenza, Silas Wiltchurch manovrò i cavalli per tagliare la strada a Giles, in un audace tentativo di costringere la sua biga ad abbandonare la gara. I cavalli si impennarono allarmati mentre zolle di terriccio volanti e il rumore delle ruote laceravano l'aria.

Un po' più vicino e le ruote si sarebbero toccate, mettendo a rischio entrambi i veicoli... e le vite dei loro conducenti.

Wiltchurch virò nuovamente verso Giles, questa volta in maniera ancora più incosciente. Giles avrebbe dovuto scegliere se schiantarsi contro il conducente che lo precedeva o contro un albero sulla destra.

Giles uscì di strada col veicolo, percorrendo con perizia la stretta striscia di terreno erboso tra il tracciato e il tronco dell'albero.

Il che avrebbe anche potuto funzionare, se un ramo basso non si fosse messo in mezzo.

Giles sollevò le braccia appena in tempo per evitare che lo spesso e nodoso ramo gli polverizzasse il viso.

Esso lo colpì invece al braccio.

Polvere e sangue presero il volo, la biga si fermò di colpo e Silas Wiltchurch–

Proseguì come se nulla fosse, accelerando allegramente per superare il veicolo successivo.

"Dannato farabutto," sibilò sottovoce Felicity mentre si faceva largo tra la folla, correndo il più velocemente possibile da Giles.

"Controllate i cavalli," ansimò l'uomo non appena la vide.

"Il vostro *braccio*," rispose inorridita lei, ignorando la biga. Avvertì una stretta ai polmoni. Le maniche della giacca dell'uomo erano lacerate. Chiazze di rosso andavano allargandosi sotto di essa. Felicity non riusciva a respirare.

"La camicia di seta non si è lacerata," disse Giles. "Sono illividito, ma sto bene. *Controllate i cavalli.*"

Voleva ancora *vincere*, si rese conto sbalordita Felicity. Col cuore in gola, corse dai cavalli. Erano illesi, ma agitati. Il tocco di una mano familiare li calmò. Nel giro di qualche istante, parvero pronti a tornare a galoppare sulla pista e a travolgere Silas Wiltchurch.

Ma per quanto Felicity sarebbe stata a sostegno di un simile piano, la cosa più importante era la sicurezza. Corse sull'altro fianco della biga, dove le due ruote si erano quasi toccate. C'era sporcizia, ma nessun segno di rottura. Il veicolo era ancora robusto e saldo. Wiltchurch aveva fallito.

"Va tutto bene," esclamò lei, per poi accigliarsi alla vista del braccio sempre più gonfio di Giles. "Siete sicuro di essere in grado di guidare?"

"*Sì,*" disse con fermezza l'uomo. Poi aggiunse: "Forse."

Felicity afferrò il bilancino e si sollevò nella biga accanto a lui.

"Che state facendo?" sibilò Giles.

Felicity gli prese le redini dal grembo e accennò col capo al bordo pista, dove si stava formando una folla. "Ci vediamo al traguardo."

"State attenta." Giles si strinse il braccio al petto e riuscì in qualche modo a balzare a terra. "E *vincete!*"

La folla riecheggiò il suo grido.

Felicity poteva farcela. Conosceva i cavalli; conosceva il veicolo. Avrebbe vinto o sarebbe morta nel tentativo.

"Yah!" gridò, per poi quasi cadere sul sedile mentre i cavalli balzavano sulla pista e si lanciavano all'inseguimento degli altri, come desiderosi che Silas Wiltchurch si strozzasse con la loro polvere come succedeva a lei.

La rabbia spinse gli animali a velocità che non avevano mai raggiunto in passato.

Felicity sapeva che Wiltchurch era uno snob meschino e un pessimo perdente, ma non si sarebbe mai aspettata che egli si abbassasse al punto da barare mettendo a rischio una vita. Non di fronte a tutti quei testimoni. Lei non gli avrebbe permesso di cavarsela.

Il tuono fece tremare i cieli. Felicity riusciva a malapena a sentirlo al di sopra del rombo delle ruote e del ruggito del vento nelle orecchie.

Non stava guidando. Stava volando.

Ecco ciò che era. Un demonio coi pantaloni, apparso per far sì che Wiltchurch si pentisse del giorno in cui aveva messo in pericolo la vita dell'uomo che lei amava. Non c'erano più né cavalli né pilota, solo una pallottola che schizzava nell'aria più veloce di quanto l'occhio potesse vedere. Ma non era sufficiente. Avevano perso troppi secondi preziosi.

Freddi rivoletti di pioggia le scorrevano sul viso quando raggiunse il primo veicolo.

Non sarebbe riuscita a battere il tempo realizzato da Giles nel corso dell'ultima corsa.

L'uomo aveva voltato la biga prima che gli altri si fossero anche solo avvicinati alla fine del tracciato, mentre questa volta fu Felicity a guardare gli altri voltarsi e accelerare verso di lei, per poi svanire.

Ma aveva recuperato, o quasi. Era a pochi metri di distanza dalla biga che la precedeva.

Arrivata in fondo al tracciato, svoltò e schizzò verso la linea del traguardo.

CAPITOLO 12

Giles si portò al petto il braccio rigonfio e mise un piede in pista per osservare il tracciato con gli occhi strizzati. La pioggia gli inzuppava i capelli e i vestiti. La folla cercò subito di circondarlo.

"Indietro," ringhiò. "Risponderò alle domande dopo la corsa."

Non seppe se quelli obbedirono per via del rispetto che gli portavano o perché non volevano perdersi nulla di ciò che sarebbe potuto accadere dopo. Il cuore di Giles galoppava per l'entusiasmo e la paura.

Quella mattina, si era presentato al solo scopo di vincere una corsa, ma ora aveva il cuore in gola mentre guardava Felicity prendere il suo posto. Voleva vincere, ma non a spese della sicurezza della giovane. E tuttavia, lei era impavida in pista.

Avevano perso tempo prezioso tra l'incidente, l'ispezione, il litigio per chi avrebbe dovuto tenere le redini, ma lei stava già recuperando il distacco e raggiungendo rapidamente la penultima biga.

La pioggia aveva cominciato a scendere più forte, ma Giles la scacciò sbattendo le palpebre. Era raro che assistesse a una gara da spettatore. Era agitazione e caos, e divertente quasi quanto essere quello seduto al posto di guida, che correva come se la sua vita dipendesse da ciò.

Il suo cuore si gonfiò d'orgoglio quando Felicity sorpassò ampiamente e senza fare una grinza il veicolo successivo.

Lanciò un grido di incoraggiamento, il cuore che galoppava più in fretta dei cavalli che divoravano la pista.

Ci sarebbe voluto un miracolo perché Felicity tagliasse il traguardo per prima, ma già così, quella gara sarebbe stata sulla bocca di tutti per i mesi a venire: Giles Langford, il Re della Biga, aveva passato le redini a un ragazzo sconosciuto quando l'insopportabile Silas Wiltchurch lo aveva fatto uscire di strada.

E il ragazzo sconosciuto stava guadagnando terreno.

Lord Felix, già. Padrone della sua carrozza e custode del suo cuore.

Quando Felicity sorpassò una seconda biga, Giles lanciò un urlo di guerra, che fu sommerso dalle reazioni ugualmente isteriche della folla assordante. Gli tremavano le gambe e le dita.

Felicity ce la stava facendo. *Ce la stava facendo.*

Giles saltellò in punta di piedi, nonostante il dolore atroce al braccio. Era elettrizzato e terrorizzato, leggermente allarmato e assurdamente orgoglioso.

Felicity non era semplicemente competitiva.

Era una maestra al timone, una dea vendicatrice, una forza inarrestabile.

Più la giovane si avvicinava al traguardo, più si avvicinava a Silas Wiltchurch. Giles non si fidava minimamente di quel farabutto.

Ma si fidava ciecamente di Felicity.

Era ormai giunto il momento per lei di prendere le redini e fare finalmente ciò che *lei* voleva. Qualunque cosa fosse, lui non si sarebbe frapposto. L'avrebbe sostenuta a qualunque costo. Era così che facevano i soci.

Nonostante la pioggia, l'incidente, gli spettatori e gli spruzzi di fango, Felicity sembrava più rilassata e capace che mai. La sua postura alle redini era rilassata e il suo volto sorridente. Quella visione colmò il petto di Giles di calore.

Lui sapeva esattamente come fosse volare alto sul trespolo, superando un rivale dopo l'altro al ruggito di un pubblico adorante.

Non aveva mai saputo che gli avrebbe dato la stessa gioia osservare Felicity che sperimentava quello stesso piacere. Condividere quella sensazione di essere tutt'uno con Dio e la natura, con le bighe e i cavalli, con la folla.

Non c'era da stupirsi che lei avesse implorato la possibilità di condurre Bambino lungo quel tracciato. Felicity era nata per quello. Aveva un talento naturale.

La donna sorpassò il terzo veicolo, lasciandone solo due tra lei e il traguardo.

Il gelo si insinuò nel petto di Giles.

Il traguardo significava vincere, ma anche perdere Felicity. Lei aveva preso possesso del suo cuore e lo aveva portato a fare la corsa di una vita. Il loro sodalizio era sempre stato temporaneo. Quella era la fine.

A meno che lui non facesse qualcosa al riguardo.

Erano fatti l'uno per l'altra. Lui lo sapeva; lei doveva di certo immaginarlo. C'era solo una cosa da fare. Il cuore di Giles spiccò un balzo.

Doveva chiederle di sposarlo.

Giles non aveva mai rinunciato a qualcosa solo perché la probabilità di fallire era alta. Aveva intenzione di vincere quella gara.

Felicity sorpassò una quarta biga. Ora erano rimasti solo lei e Silas Wiltchurch, a meno di duecento metri dal traguardo. Le conoscenze importanti di Wiltchurch potevano anche permettergli di commettere un omicidio e cavarsela, nel mondo di Felicity; ma lì, alle corse, egli non era altro che un meschino farabutto. La folla era dalla parte di Felicity sin dal momento in cui lei aveva preso le redini.

Ma Felicity avrebbe avuto bisogno di più di una folla festante per vincere. Wiltchurch era un bullo insopportabile ed egocentrico, ma era anche un pilota spietato con un veicolo valido. Era abituato a vincere e aveva un forte vantaggio. Giles non poteva che guardare impotente, il cuore che tuonava.

Wiltchurch si teneva al centro della pista, serpeggiando in modo tale da impedire ad altri di sorpassarlo.

Ma tutto quel serpeggiare faceva perdere velocità. Il vantaggio di cinquanta metri si ridusse a trenta, poi a venti, poi a dieci.

Quando Felicity virò a sinistra, Wiltchurch virò a sinistra per bloccarla.

Quando Felicity virò a destra, Wiltchurch virò a destra per bloccarla.

Quando Felicity provò di nuovo a spostarsi a sinistra, Wiltchurch–

Ma Felicity *non* si stava spostando a sinistra! Era una finta, allo scopo di spingere il suo avversario a reagire impulsivamente a una minaccia percepita.

Era tutta l'apertura di cui lei aveva bisogno.

Con un ultimo scatto, Felicity superò Wiltchurch sulla sinistra; il naso e il collo dei suoi cavalli oltrepassarono la linea del traguardo un istante prima che quelli di Wiltchurch facessero lo stesso. Il cuore di Giles esplose.

Si scatenò il pandemonio.

La folla scoppiò in grida e versi incoerenti, tifando con gioia perché il marrano aveva avuto esattamente quello che gli spettava.

Giles era già arrochito da tutte le sue grida e partì di corsa verso il traguardo per prendere Felicity tra le braccia, pantaloni e tutto. Lei era sua e *ce l'avevano fatta*, perché erano una squadra ed erano dannatamente inarrestabili.

Non vedeva l'ora di farla volteggiare – anche se con un braccio solo – e baciarla, farla piroettare, ballare con lei, chiedere la sua mano…

Ma dove diavolo *era* Felicity?

Ansimando per lo sforzo e per il dolore, Giles fissò sbalordito la biga vuota del duca di Colehaven.

Felicity era *proprio lì* fino a un attimo. Ma ora, l'unica persona nelle vicinanze che lui riconosceva era–

Il duca di Colehaven.

Giles deglutì di fronte all'espressione comprensibilmente torva del duca.

"Congratulazioni," disse quando il silenzio parve prolungarsi all'infinito. "Abbiamo vinto."

A quelle parole, il duca divenne paonazzo.

"*Voi* avreste dovuto vincere," ruggì. "Ho pagato *voi* per gareggiare con la mia biga. Non per mettere a rischio… un'altra persona."

Giles mostrò il braccio ferito. "Non so se lo avete notato, ma mentre io mi impegnavo a vincere la vostra gara, Silas Wiltchurch–"

"–è un insetto che schiaccerò senza rimorso," lo interruppe il duca. "Ma non era lui l'uomo che avevo ingaggiato e a cui avevo affidato la protezione di–"

Giles raddrizzò la schiena.

"Il *mio* socio," scandì, "non merita di essere tenuto nascosto e non desidera la protezione non richiesta di nessuno. Se desidera mettere in mostra le sue doti di fronte al mondo intero, io non sono certo così sciocco da intralciare la sua strada."

Il duca aprì la bocca.

Giles non si tirò indietro. "Io non gli ho 'permesso' di fare nulla, se non di essere se stesso e di vivere la vita che desidera. Fabbro o imperatore d'Inghilterra, non spetta a me deciderlo."

"Decisamente no," disse freddamente il duca. "La gara è finita. Voi avete finito."

CAPITOLO 13

Felicity sfrecciò attraverso la folla, diretta non verso i festeggiamenti, ma verso la strada.

Nonostante la gioia che le tuonava nel petto, non riusciva ancora a capacitarsi di aver vinto. No, che *avessero* vinto! Non importava chi aveva tenuto le redini. Non avrebbe potuto vincere senza Giles e lui non avrebbe potuto vincere senza di lei.

Erano una squadra. La migliore. Elementali e potenti come la pioggia che le inzuppava i vestiti.

Felicity riusciva a sentire il ruggito della folla alle sue spalle mentre si allontanava di corsa. Avrebbe voluto trovarsi nel folto di essa. Avrebbe voluto ripetere l'esperienza innumerevoli volte.

Avrebbe voluto essere accanto a Giles, in quell'istante, non solo per festeggiare, ma per controllare il suo braccio, per baciare le sue labbra.

E invece, la prima persona che lei aveva visto al traguardo era suo fratello. Cole l'aveva tirata giù dalla carrozza e l'aveva portata via dalla pista prima che la folla avesse la possibilità di raggiungerla.

Poi le aveva minacciosamente detto che si sarebbe occupato di lei non appena sarebbe tornato a casa. Cominciando dal bruciare i suoi pantaloni e dal chiuderla nelle sue stanze, se ciò era necessario a tenerla al sicuro.

Felicity non voleva stare al sicuro. Voleva essere... *libera*. Perlomeno quanto bastava per dire addio a Giles di persona. L'assenza dell'uomo dalla sua vita le stava già aprendo un buco nel petto.

Uscì di corsa dagli alberi e si trascinò lungo la strada, verso Grosvenor Square.

Una vettura pubblica si fermò all'angolo della strada. "Ti serve un passaggio, ragazzo?"

Le serviva?

Grosvenor Square era a due isolati di distanza. Ci si poteva arrivare tranquillamente a piedi. Per tornare a una vita di lusso e opulenza di bei vestiti e di regole inflessibili. Ecco qual era il suo futuro.

Ma non doveva cominciare subito.

"Grazie." Felicity salì sulla vettura. "Alla forgia Langford, per favore. In–"

"Oxford Street," concluse il vetturino, per poi immettersi nel traffico.

Felicity sorrise tra sé. Era ovvio che qualunque vetturino degno di tale nome conoscesse la forgia Langford. Giles aveva più sudditi leali del Principe Reggente.

All'arrivo, Felicity lanciò al vetturino una moneta extra e balzò a terra.

Le porte della fucina erano chiuse a chiave. Evidentemente, Giles concedeva ai suoi dipendenti un'ora libera in occasione delle gare importanti, nel caso questi volessero prendere parte ai festeggiamenti. La cosa non aveva importanza. Lei non era lì per lavorare su delle carrozze.

Girò attorno all'edificio, fino all'ingresso principale della residenza di Giles, e bussò energicamente.

Un attimo dopo, la porta si spalancò a rivelare un volto familiare: la cameriera che aveva servito il tè nel salotto di Giles appena qualche giorno prima.

Le sembrava che fosse trascorsa una vita.

"Entrate," esclamò la domestica. "Siete fradicia! Vi farò portare subito un bagno caldo e un cambio d'abiti."

Suonava davvero benissimo.

Con gratitudine, Felicity seguì la ragazza in una zona della casa di Giles che non aveva mai visto, dove fu consegnata a una seconda cameriera, che la coccolò e la viziò più della prima. Felicity si sentiva una principessa.

O un'atleta vittoriosa di ritorno da una battaglia.

Gemette per il piacere quando il bagno caldo sciolse la tensione nei suoi muscoli. L'unica cosa che mancava era Giles.

Considerate le dimensioni della folla, era possibile che l'uomo non sarebbe tornato per ore. Ciò avrebbe dato a Felicity tempo a sufficienza per rendersi presentabile e per trovare le parole giuste per il suo discorso d'addio.

Il solo fatto che entrambi avessero sempre saputo che i saluti fossero imminenti non rendeva più facile pronunciare le parole.

Felicity non intendeva oberare Giles con la consapevolezza del suo amore per lui, ma voleva che lui sapesse quanto era stato importante per lei il tempo trascorso insieme. L'uomo l'aveva accettata per chi e per ciò che era, senza cercare di farla adattare a un qualche preconcetto sulle capacità femminili.

Questo, da solo, era da svenimento, ma lei adorava allo stesso modo tutto il resto. Dalla prima volta in cui–

La porta della camera da letto si spalancò.

Non era una cameriera con le braccia piene di vestiti asciutti, ma l'umido e inzaccherato amore della sua vita… che non l'aveva mai vista nuda. Felicity gemette e si coprì il seno con le braccia, preparandosi a un'ondata di vergogna e imbarazzo. Che non giunse.

Quello era Giles. Con lui, Felicity poteva essere se stessa, che indossasse un cappello, dei pantaloni o nulla. Se quella era la loro ultima occasione di vedersi, solo una stolta non si sarebbe approfittata di ogni opportunità che il Fato avesse concesso loro. Felicity avrebbe potuto essere una signora rispettabile l'indomani.

L'oggi apparteneva a lei e a Giles.

Dopo la conversazione avuta col fratello di Felicity, Giles non si era aspettato di rivederla. Men che meno di trovarla nella sua camera da letto. Fradicia. Nuda.

Felicity si portò a un lato della tinozza e picchiettò con la mano sull'acqua. "Entrate. L'acqua è calda."

Giles chiuse la porta con un calcio e la raggiunse a grandi passi, senza togliersi i vestiti. Se si fosse tolto anche solo il fazzoletto, ogni possibilità di trattenersi sarebbe andata a quel paese.

"Ero preoccupato a morte per voi," ringhiò.

"Per me?" Felicity si alzò in piedi e incrociò il suo sguardo. "Io ero preoccupata a morte per *voi*."

O meglio, Felicity avrebbe incrociato il suo sguardo se quello di Giles non fosse stato trattenuto per un irresistibile secondo mentre osservava il corpo nudo e gocciolante proprio di fronte a lui.

Felicity non gli si stava offrendo in matrimonio. Forse non aveva intenzione di offrirsi per nulla. Ma loro due erano lì e lei non si stava tirando indietro. Si stava avvicinando.

"Fatemi vedere il braccio," mormorò la giovane.

"Il braccio?" chiese lui con voce roca.

"Questo." Felicity gli staccò il braccio dal petto e sussultò alla vista della gran quantità di lividi e di sangue essiccato. "Ora basta. Ammazzerò Wiltchurch."

"Sto bene," le assicurò Giles.

Gli ufficiali di marina indossavano camicie di seta sotto l'uniforme, per via della resistenza di quel tessuto in combattimento. Giles non si aspettava di affrontare soldati nemici, ma spesso correre in gara era un po' come andare in battaglia. Quello non era stato il suo primo incidente.

Sollevò il braccio. "L'osso non è rotto. In un paio di settimane tornerà come prima."

Felicity lo fissò dubbiosa. "A me non sembra. Mi sembra piuttosto che qualcuno dovrebbe spingere accidentalmente Wiltchurch nel Tamigi."

Giles aveva assolutamente intenzione di confrontare Wiltchurch. In pubblico, di fronte a numerosi testimoni. In giornata. L'alta società poteva anche tollerare gli stolti, ma Giles non lo faceva. Si sarebbe assicurato che il farabutto non fosse più il benvenuto a una gara.

Portò la mano buona alla guancia di Felicity. "Mi è capitato di peggio. Soprattutto quando mi si è fermato il cuore nel vedervi guidare."

Felicity appoggiò la guancia al suo palmo, con un sorrisetto. "Ce l'ho fatta."

"Ce l'avete fatta," confermò lui. "Vorrei potervi

prendere tra le braccia e farvi ballare per la stanza, come meritate."

"C'è una seconda opzione." La donna si leccò le labbra. "Un modo di festeggiare che richiede ben poche danze e ancor meno vestiti.

Giles sapeva che avrebbe dovuto dissuaderla. Non perché non volesse farla sua – Felicity aveva espresso i suoi stessi identici pensieri – ma perché voleva che quell'atto significasse *di più*. Fare l'amore con Felicity avrebbe dovuto essere l'inizio, non la fine.

Felicity gli sfiorò con un dito il colletto umido. "Dovreste levarvi questi vestiti bagnati."

"Ecco…" Giles guardò il dito sul suo petto, poi il corpo nudo di Felicity, e sentì l'autocontrollo venir meno. "Non sono certo che sia un'idea molto saggia."

"Lasciate che vi aiuti." Felicity gli tirò il fazzoletto. "Per ragioni puramente pratiche. Lasciate almeno che vi pulisca il braccio."

Giles annuì seccamente. Ecco. Avrebbe dimostrato che il suo braccio stava bene, si sarebbero rivestiti e tanti saluti.

Forse.

Felicity cominciò a sbottonargli la giacca e il gilet, lentamente, un bottone alla volta. Giles contrasse il ventre mentre le dita di Felicity lo denudavano un po' di più a ogni bottone che si slacciava.

"Cercherò di non farvi del male," mormorò lei mentre gli sfilava la giacca rovinata dalle ampie spalle e, con delicatezza, dalle braccia. "Ma non posso promettervelo."

Giles lo sapeva. Lo aveva saputo fin dal principio. Il momento ne valeva la pena.

"Quello che provo non è dolore." Giles si lasciò andare al tocco della giovane, nonostante tutto. Non riuscì a trattenersi.

Era quello che voleva lei. Quello che voleva *lui*. Inutile opporsi.

Una volta che giacca e gilet furono scartati, Felicity uscì dalla tinozza. "Ora la camicia."

La nuvola di seta bianca volò oltre la testa di Giles e cadde a terra nel giro di pochi istanti.

"Non potete entrare in acqua con gli stivali." Felicity si inginocchiò ai suoi piedi.

Giles trascinò lo sgabello più vicino accanto alla tinozza e si sedette duramente.

La giovane gli sfilò gli stivali uno alla volta, poi le calze una alla volta, e spinse il tutto verso il muro. "In piedi."

Giles giunse le mani dietro la schiena per non allungarle su di lei.

Felicity gli sbottonò la patta con la stessa cura che aveva dedicato a giacca e gilet, con movimenti lenti e senza fretta. Un bottone. Due bottoni. Tre.

Prima ancora che lei avesse cominciato, la prova dell'eccitazione di Giles era chiaramente delineata contro la sua patta. Ma averla calda e rigida tra le mani di Felicity era un'esperienza completamente diversa. Giles gemette e cercò di non affondare nelle dita della giovane quando lei mosse con esitazione la mano.

"Nel bagno," gemette lui, affondando nella tinozza per nascondere la metà inferiore del corpo.

Felicity si inginocchiò accanto a lui, allungando le mani per esaminare il suo braccio ferito. Pulì con delicatezza la pelle lacerata con sapone e un panno morbido.

"Visto?" riuscì a dire Giles. Il braccio era gonfio e scolorito, ma non rotto. Giles era stato molto, molto fortunato.

Una volta che Felicity ebbe finito col suo braccio, applicò il sapone e il panno caldo al resto del suo corpo. Collo, spalle, petto, ventre, fianchi. Quando infilò la mano più in basso sotto l'acqua, lui le afferrò il polso con la mano buona prima che lei arrivasse a destinazione.

"Non ancora," ringhiò Giles.

Gli occhi di Felicity si spalancarono, quindi brillarono di pregustazione. "È un sì?"

"Lo è dal momento in cui sono entrato dalla porta e vi ho visto nuda." Giles non si curò di menzionare la reputazione di Felicity. Lei aveva sempre vissuto due vite: quella pubblica, che confessava, e quella privata, che teneva per sé.

Quello che stava per succedere sarebbe stato solo l'ennesimo segreto.

Giles le porse un asciugamano e si asciugò con un altro prima di raggiungere l'armadio.

Teneva sempre delle bende fresche a portata di mano, in caso di incidenti. La seta aveva protetto il suo braccio da sporcizia e detriti, ma bendare la ferita avrebbe evitato che i graffi si infettassero e aiutato a ridurre il gonfiore.

Una volta fatto, si voltò verso Felicity. L'asciugamano che le aveva dato era servito per avvolgere i capelli della giovane, piuttosto che nascondere il suo corpo perfetto. Cosa non avrebbe dato lui per cominciare tutte le mattine in quel modo.

"Questo è il momento," disse con voce roca, "in cui dovrei buttarvi sulla mia spalla e portarvi a letto."

"E non potete? Povero caro." Felicity sorrise maliziosamente. "Dovrete stare a guardare mentre io vado a letto da sola e vi allargo le gambe. Siamo una squadra, ricordate?"

Prima che Giles potesse rispondere, Felicity si alzò in piedi e camminò con disinvoltura fino al letto, accentuando il proprio ancheggiare.

Giles la seguì a ruota. "Sfrontata."

Quando lei si voltò, stupita, lui le coprì la bocca con la sua.

Quello era il bacio che avrebbe voluto darle quando lei aveva vinto la gara. Selvaggio e indomito, dolce e festoso, possessivo ed esigente. Un bacio che riconosceva la vittoria, ma che non poneva freno alle conquiste. Un bacio che rivendicava il possesso di Felicity.

Non bastò. Giles portò la bocca al collo di Felicity, alla curva della sua spalla, al suo seno.

Il gemito di piacere che le sfuggì fu quasi la sua rovina. Era come se le ginocchia della giovane si fossero indebolite al tocco di Giles. Lei si sedette tremante sul bordo del materasso e si allungò verso di lui.

Era il benvenuto che Giles aveva atteso.

Senza staccare la bocca dal seno di Felicity, Giles trovò con le dita il calore umido tra le sue cosce. Da lì ebbe inizio un ritmo delizioso: succhiare, accarezzare, succhiare, accarezzare, fino a quando Felicity si inarcò e gridò mentre veniva colta dagli spasmi.

Quando la donna collassò contro il materasso, lui non le salì sopra. Invece, posò un ginocchio a terra e mise la bocca dove aveva prima usato le dita. Nel giro di pochi istanti, la sua lingua la portò di nuovo verso la vetta.

"Ora," mormorò Felicity, strattonandolo verso di sé. "Vi voglio tutto."

Giles sollevò la testa dalle sue cosce dopo averle dato un'ultima, lunga leccata. "Non posso."

Felicity sollevò di scatto la testa dal letto. "Perché?"

"Per quanto sarei lieto di mettermi tra le vostre gambe e affondare fino a farci sdoppiare la vista, non posso reggermi su un braccio solo e non voglio schiacciarvi."

"Ma…" Felicity arrossì.

"Per fortuna, esiste un'alternativa." Giles si sdraiò sul letto accanto a lei e le rivolse un sorriso malizioso. "Se volete farmi vostro, dovrete fare da sola."

Gli occhi della donna si illuminarono. "Posso assaporarvi come voi avete assaporato me?"

Il membro rigonfio ebbe un guizzo tra le gambe di Giles.

"Mettetevi a cavalcioni del mio inguine," disse lui con voce roca, "e cavalcate."

Felicity si inginocchiò sopra di lui, le gambe a cavalcioni delle sue. Ma quando abbassò la testa, i suoi morbidi capelli ricaddero sul ventre teso di Giles, nascondendo le labbra della giovane alla vista. Subito, lei posò la bocca sul suo membro e diede una leccata sperimentale.

Ogni muscolo del corpo di Giles si contrasse all'istante.

"Felicity…" ringhiò lui.

Felicity ignorò l'avvertimento e succhiò, proprio come lui aveva fatto col suo seno.

Giles inalò in un gemito tormentato, incapace di pensare a causa dell'ondata di piacere.

"Felicity," gemette con voce roca, prendendole la mano. "Per amor del cielo… *cavalcate.*"

Dopo aver dato un'ultima leccata al membro di Giles, la giovane prese posto in modo che esso premesse contro la sua apertura.

Un centimetro alla volta, cominciò a calarsi su di lui. Giles portò la mano buona al punto in cui i loro corpi si univano. Il suo pollice tracciò pigramente dei cerchi che mozzarono il fiato di Felicity mentre la lubrificazione sempre più abbondante faceva sì che i loro corpi si congiungessero rapidamente.

"Vi faccio male?" chiese sottovoce Giles.

"No." Lo sguardo di Felicity, drogato dalla passione, incrociò il suo. "E io? Sto facendo male a *voi?*"

"Se vi fermate, morirò."

"Non mi fermerò mai." Felicity mosse i fianchi, ondeggiando contro di lui, sollevandosi e abbassandosi.

I muscoli delle gambe di Giles si tesero mentre si tratteneva dal raggiungere il piacere fino a quando non lo avesse fatto anche lei. Usando il polpastrello del pollice, la spinse nuovamente verso il precipizio sul cui orlo era già in equilibrio.

"Giles," ansimò Felicity.

Non ebbe il tempo di dire altro prima che i suoi muscoli si contraessero attorno a lui. Una volta ripreso fiato, chiese: "State–"

"Adesso," ringhiò lui, levandosela di dosso col braccio buono e coprendo l'inguine sgroppante con le lenzuola.

Quindi, si avvolse attorno a lei, passandole il braccio buono sul petto e il ventre con fare possessivo.

E poi, se lui non errava, un lieve russare le sfuggì dalle labbra.

Giles depose un bacio sui capelli di Felicity e si lasciò andare al sonno. Quando riaprì gli occhi, l'angolazione dei raggi del sole gli fece capire che erano passate delle ore. La mattina aveva ceduto il posto al pomeriggio. Se lui non avesse agito in fretta, la giornata sarebbe volata via… e così Felicity.

Il fratello di lei aveva già lasciato intendere che avrebbe rifiutato il consenso al matrimonio. Ma a Giles non importava un accidente dei desideri del duca di Colehaven. Giles voleva sposare Felicity. I sentimenti della giovane erano gli unici importanti.

"Siete sveglia?" mormorò tra i capelli di lei.

Felicity annuì. "Ma non sono pronta a lasciare questo letto."

Giles sperava che non lo avrebbe mai fatto.

Ora che aveva deciso di seguire quel sentiero, non sapeva quali fossero le parole giuste. Qual era la procedura post-coitale corretta per introdurre l'argomento del matrimonio a una persona che non aveva nemmeno ufficialmente corteggiato?

"Felicity," esordì goffamente. "Voi mi piacete molto."

Sorridendo, la giovane si voltò in modo che le loro fronti si toccassero. "Anche voi mi piacete molto."

"Sposiamoci," disse di getto Giles.

Ecco fatto. Le parole erano state pronunciate. Ed ebbero un effetto.

Solo, non quello previsto.

Giles non avrebbe saputo dire cosa bruciasse di più: il sussulto involontario di Felicity all'idea o il terrore da *Oddio, cosa faccio adesso* nei suoi occhi.

"Se la mia proposta non vi interessa, ditelo e basta," disse duramente Giles. "Fatemi smettere di soffrire."

"Sono molto interessata," disse la giovane. "Quasi ossessionata, davvero. Voi siete tutto quello a cui penso. Ma… non posso."

La gioia prodotta dall'interesse ricambiato si schiantò contro il muro di mattoni del rifiuto.

Giles cercò di capire. "Abbiamo appena–"

"Lo so." Felicity sembrava tormentata. "Ma non è necessario che altri lo sappiano. Proprio come io non posso dire che indosso abiti maschili e lavoro sulle carrozze.

"Lo avete detto a me," osservò Giles. "E a me piace. Mi piacete *voi*. Questo è amore. Se provate la stessa cosa, facciamo in modo che duri per sempre."

"Non è così semplice." Felicity si morse il labbro, gli occhi marroni colmi di sofferenza. "Ieri, io… Voglio dire, lord Raymore…"

Giles si raddrizzò di scatto, e all'inferno il braccio ferito.

"Siete fidanzata con un altro?" esclamò, sconvolto e incredulo.

"Non ancora," disse subito Felicity, per poi abbassare lo sguardo. "Ma è quella la strada che ho intrapreso. Non… non è per *voi*…"

"Allora cosa ci fate *qui*?" volle sapere lui. "Nella mia casa. Nel mio letto."

Gli occhi della donna si colmarono di angoscia. "Giles…"

"Voi lo amate?" chiese a bassa voce lui.

"Io amo *voi*," rispose Felicity. I suoi occhi lo implorarono di crederle.

Ma se ciò era vero, non faceva che peggiorare il suo dolore.

Giles si allontanò dal letto fino a quando la sua testa toccò la parete e non fu possibile allontanarsi ulteriormente.

Felicity aveva ricevuto un'offerta migliore. Un lord titolato con mucchi d'oro e una serie di tenute di lusso. E quel farabutto era *una brava persona*. Come poteva lui competere?

"È quello che volete?" chiese con voce roca.

Ma certo che lo era. Felicity glielo aveva detto cento volte.

"È quello che volete *ancora*?" si corresse Giles. "Un uomo che soddisfa i vostri criteri, ma che non possiede il vostro cuore?"

"No," rispose Felicity con voce rotta. "Per nulla. Ma è la cosa giusta. Anche se lui non fosse l'occasione migliore per raccogliere fondi per i bambini poveri, io ho promesso a mio fratello che avrei ottenuto l'unione più vantaggiosa possibile con un uomo da lui approvato. Cole sperava che diventassi duchessa e Raymore è solo marchese, ma–"

"Solo marchese," ripeté Giles, senza curarsi di nascondere la propria amarezza e il proprio dolore. "Come farete a sopportare il ridicolo?"

Era stata sua intenzione essere sarcastico, ma le sue parole taglienti come rasoi non fecero che ferire lui stesso.

Un marchese era un sostituto accettabile per un duca.

Un carrozziere non lo era.

Era *lui* quello che l'avrebbe resa ridicola. Era *lui* quello la cui compagnia non poteva essere mostrata in pubblico.

Era *lui* quello senza il quale Felicity poteva tranquillamente vivere.

"Giles…" Gli occhi della giovane imploravano comprensione.

"Se doveste cambiare idea, sapete dove trovarmi. E se non doveste cambiare idea…" Giles indicò la porta. "Non tornate a cercarmi."

CAPITOLO 15

Felicity si lasciò ricadere contro la parete della vettura pubblica e nascose il volto tra le mani.

Mantenere una promessa fatta al proprio fratello era onorevole. Mantenere un giuramento a favore di bambini indigenti senza altre speranze era *morale*.

E tuttavia, non le era parso di fare la cosa giusta quando aveva voltato le spalle a Giles.

Le era parso di perdere tutto.

Compresa l'anima.

"Dove?" chiese il vetturino.

"Grosvenor Square," mormorò lei.

Nemmeno quello era ciò che voleva. Non c'era nulla di male nel lottare per gli altri. Ma, a volte, una donna doveva lottare anche per se stessa. Ora che Felicity aveva assaggiato l'amore, ora che sapeva come avrebbe potuto essere la vita con Giles, come poteva accontentarsi di qualcosa di meno?

Non poteva. Nulla valeva la pena di rinunciare all'amore.

Felicity sollevò il volto rigato di lacrime dalle mani e guardò le sue cosce avvolte dai pantaloni. Quella poteva essere l'ultima volta in cui si sarebbe vestita come quella che era davvero… o il primo giorno di una vita migliore. Una vita dove lei non avrebbe più dovuto nascondersi. Dove avrebbe potuto seguire le sue passioni, non importava per cosa o per chi.

Se fosse tornata ora da Giles e avesse mendicato una seconda opportunità di dare la risposta giusta, lui avrebbe sempre creduto che fosse stato il suo matrimonio con lui a rovinare il suo status sociale e tutto ciò che lei voleva dalla vita.

Sciocchezze, naturalmente. Giles era la parte migliore di lei. Se per averlo doveva perdere la sua reputazione, Felicity lo avrebbe fatto per prima cosa e all'aperto, per dimostrare che sceglierlo era ciò che *lei* voleva e che lui non aveva rovinato nulla.

"Vetturino!" Felicity bussò sulla parete. "Ho cambiato idea. Portatemi a Haymarket, per favore."

Il vetturino svoltò.

Felicity si lisciò i pantaloni e sorrise. E così, le signore perbene non erano ammesse al Duca Malandrino? Felicity non era una signora perbene. Avrebbe dimostrato a tutta Londra cosa ne pensava delle regole e dimostrato a Cole che, a volte, l'unione "migliore" non si faceva ad Almack's, ma nel cuore.

"Haymarket," disse il vetturino senza fermarsi a bordo strada.

Non c'era posto. Le vie attorno al Duca Malandrino erano talmente piene di cavalli e carrozze che c'era stato a malapena lo spazio sufficiente perché la carrozza riuscisse a intrufolarsi.

Le tremavano le gambe. Cole le aveva sempre detto che la taverna era *il* posto dove andare dopo una corsa importante, ma lei non si era aspettata che ci sarebbero stati così tanti testimoni per lo scandalo che stava per causare.

Meglio ancora, si disse mentre lanciava una moneta al vetturino. Quando la notizia sarebbe giunta a Giles, lei sarebbe già stata famigerata. Lui avrebbe capito che Felicity aveva scelto di stare con lui perché aveva scelto di essere *se stessa*.

Entrò marciando nel Duca Libertino con le mani in tasca e la testa alta.

"F-Felicity?" balbettò incredulo lord Raymore.

Il cuore di Felicity sobbalzò per quell'incontro inaspettato. Ma era ragionevole che il marchese fosse lì. C'erano tutti. E Raymore meritava quanto gli altri di sapere esattamente chi fosse la donna di cui aveva quasi chiesto la mano. Era fortunato a scoprirlo ora.

"*Lady* Felicity?" esclamò un altro degli amici di suo fratello. "Coi *pantaloni*?"

"Lady Felicity coi pantaloni!" Un grido allegro risuonò per la taverna e i boccali tintinnarono, come se tutti avessero atteso che la sorella di un duca entrasse dalla porta e desse lo scandalo della Stagione.

Suo fratello non si unì al coro. Mentre si voltava verso di lei, le sue guance pallide si colorarono in maniera allarmante per l'incredulità.

La folla si zittì, l'attenzione rapita.

Il mento alto, Felicity avanzò per affrontare suo fratello.

Cole sembrava volerla strangolare. "Cosa diavolo ti è saltato–"

"Non voglio diventare marchesa," esclamò di getto lei.

Cole aprì la bocca.

"Né duchessa," aggiunse Felicity. "Né contessa o viscontessa o qualunque altra '-essa.' Non voglio essere 'una signora.' Voglio essere Felicity. Dopo aver trascorso tanti anni a fare del mio meglio per mescolarmi agli altri, ho finalmente capito chi sono. *Questa* sono io." Indicò se stessa. "*Questa* è la sorella che hai sempre conosciuto. Mi sono impegnata a cercare di essere qualcun altro, ma non sopporto l'idea di vivere una menzogna per il resto della mia vita. Nemmeno per te."

Felicity si preparò al peggio.

Suo fratello parve distrutto. "Non ho mai voluto nulla di tutto questo per me. Lo volevo per te."

"Non sei… deluso?" balbettò lei.

"Sono deluso da *me stesso*," rispose Cole, le guance arrossate per la vergogna. "Da quando eri piccola, ti ho fatto credere che avresti dovuto vivere la vita che avevo orchestrato per te. Dalla piccola aiutante che mi tallonava in fucina a una pomposa matrona del *ton*. Ho cercato così tanto di darti quello che *io* volevo tu avessi da non fermarmi mai a chiederti cosa *tu* volessi."

Tutto ciò che lei aveva mai voluto era valere qualcosa. Essere importante. Venire accettata per quello che era.

"Volevo solo renderti orgoglioso," mormorò lei.

"E lo fai." Cole la afferrò per le spalle. "Felicity, nessuno potrebbe chiedere di meglio. Tu sei stata mio fratello, mia sorella, la mia migliore amica, la mia confidente… La mia compagna costante sin dal giorno in cui sei nata. Sono io a dovere tutto a *te*. Non il contrario."

Le tremavano le mani.

"Volevo che tu contraessi uno splendido matrimonio perché *tu* sei splendida," mormorò suo fratello. "Voglio che tu abbia la miglior possibilità di essere felice. Non ho mai voluto altro."

Felicity trasse un respiro tremante.

Cole le sollevò il mento con un dito. "Il matrimonio più brillante che tu possa contrarre è quello con l'uomo che ti ama e ti rende felice. Nient'altro ha importanza, Felicity. Te lo giuro. Segui il tuo cuore. Non ti tradirà mai."

Prima che i suoi occhi si riempissero di lacrime di fronte a tutti quei testimoni, Felicity si voltò verso la porta… e incrociò lo sguardo dell'unico uomo che voleva.

Giles era appoggiato alla parete opposta; il braccio ferito era retto da una fascia sul petto. Ora, anche le nocche della mano buona erano illividite. Probabilmente grazie al livido che, al momento, tingeva di viola uno degli occhi di Silas Wiltchurch.

"Interrompo?" chiese esitante lei.

Giles sollevò una spalla. "Stavo indicando l'uscita a questo gentiluomo."

"Ci penso io!" Mezza dozzina di uomini balzò

immediatamente in piedi per accompagnare un cupo Wiltchurch alla porta.

"Evitate pure di fare ritorno," esclamò Cole, senza curarsi di guardarsi alle spalle. "Quelli come voi non sono i benvenuti qui."

Il cuore di Felicity mancò un battito.

Silas Wiltchurch, nipote di una delle madrine più potenti dell'alta società, non era il benvenuto.

Felicity poteva restare. Esattamente com'era.

Ora che era lì, come fare per dimostrare a Giles quanto lui era importante per lei?

"C'è un libro delle scommesse?" chiese a suo fratello.

Cole annuì, per poi accigliarsi. "Quante cattive abitudini hai?"

Felicity lo ignorò e contrasse le spalle.

"Giles Langford," esclamò mentre si incamminava dritto verso di lui. "Vi sfido a un duello di bighe."

L'uomo strinse gli occhi al suo avvicinarsi. "Cosa sarebbe?"

"Una gara al termine della quale lo sconfitto deve un servizio al vincitore," spiegò Felicity, per la gioia del pubblico. Diverse persone stavano già correndo verso il libro delle scommesse. "Se vincerete, sposerete lady Felicity."

Giles aveva già cominciato ad abbracciarla. "E se sarete *voi* a vincere?"

"Sposerete lord Felix," rispose lei, le labbra che guizzavano.

"D'accordo," fu l'ultima cosa che disse Giles prima che la sua bocca premesse contro la sua e gli schiamazzi e i fischi della taverna sommergessero il martellare dei loro cuori.

Ecco come ci si sentiva a vincere.

Un anno dopo

"Siete sicura che sia dritta?" chiamò Giles dalla cima della scala appoggiata alla facciata della fucina.

"È perfetta," rispose soddisfatta sua moglie.

"Guardate che la inchiodo," la ammonì lui. "D'ora in poi, questo sarà il suo aspetto."

"Fino a quando non arriverà un nuovo Langford," rispose Felicity, ammiccando.

Giles scese dalla scala per ammirare la nuova insegna della fucina, che recitava *Langford & Langford*.

"Non credete che *Langford & Langford & Langford* comincerebbe a essere ripetitivo?" chiese lui.

"Mi sembra giusto," rispose Felicity dopo un attimo di riflessione. "Dovremmo permettere ai bambini di decidere se e come essere rappresentati."

Giles la prese tra le braccia e diede alla sua splendida moglie un bacio colmo di promesse.

"Non cominciate se non abbiamo il tempo di finire," lo ammonì Felicity. "Ho a malapena mezz'ora per cambiarmi d'abito."

La moglie di Giles, al momento, indossava i pantaloni, portava i capelli legati in una semplice coda e aveva un sorriso largo quanto il suo. Non aveva l'aspetto di un maschio *o* di una signora. Aveva l'aspetto di Felicity.

E non c'era persona che Giles amasse di più.

"Non dovete andare a fare un giro di prova?" chiese stupito lui.

Felicity scosse la testa. "C'è un incontro dei consiglieri della fondazione."

"I consiglieri non possono portare i pantaloni?" scherzò Giles.

"Le scollature basse procurano più donazioni," rispose ammiccando Felicity, per poi voltarsi verso la porta.

Giles sorrise.

Dopo il matrimonio, il fratello di Felicity e sua moglie avevano unito le forze con lei e Giles per creare la fondazione di beneficienza che lei aveva sempre sognato. Non appena era stato aperto un conto corrente nel quale depositare il denaro, tutti e quattro avevano perorato la causa di fronte a una gran folla al Duca Malandrino.

Giles poteva anche non possedere un titolo o delle tenute vincolate, ma era uno degli uomini più popolari della città. Tra la sua celebrità e i proprietari della taverna, che avevano fatto proseliti nei rispettivi club esclusivi, la fondazione aveva avuto un inizio trionfale. Poco più di un anno dopo, Felicity vantava una squadra di assistenti, un piano dettagliato per distribuire cibo e indumenti, e il denaro per cominciare a costruire una casa per coloro che non avevano altro riparo.

"C'è spazio per *Langford & Langford & ragazzi del vicinato?*" chiese uno dei suoi giovani aiutanti.

"*Langford & Langford & ragazzi e ragazze del vicinato,*" corresse la sorella minore, le braccia incrociate sul grembiule di cuoio.

Giles strizzò gli occhi per guardare meglio l'insegna. Effettivamente, l'aggiunta suonava bene.

"Può darsi," disse allegramente, risalendo sulla scala. "Qualcuno potrebbe passarmi il pennello?"

FINE

Ti piacerebbe sapere quando altri libri sono pubblicati in italiano?

Iscriviti qui per una storia gratis:
http://smarturl.it/EricaRidleyItaliano

INNAMORATEVI DEI DUCHI!

Amate il romance? Ecco come godere di contenuti esclusivi, giveaway e altre belle cose:

Iscrivetevi a <u>smarturl.it/EricaRidleyItaliano</u> per ricevere omaggi riservati ai membri e altro ancora!

Nell'ordine, i libri che compongono la serie "I Duchi Malandrin" sono:

Una notte di seduzione
Una notte di abbandono
Una notte di passione
Una notte di scandalo
Una notte da ricordare
Una notte di tentazione

Nell'ordine, i libri che compongono la serie "I Duchi di Natale" sono:

C'era una volta un duca
Profumo di duca
Il duca tra le stelle
Mai dire duca

Duchi, in verità
La sposa del duca
L'abbraccio del duca
Il desiderio del duca
All'alba con un duca
Una notte con un duca
Dieci giorni con un duca
Per sempre il vostro duca

Nell'ordine, i libri che compongono la serie "Dalle Stalle alle Stelle" sono:

Il signore della fortuna
Il signore del piacere
Il signore della notte
Il signore della tentazione
Il signore dei segreti
Il signore del vizio

Nell'ordine, i libri che compongono la serie dei "Duchi di Guerra" sono:

Il visconte irresistibile
Il conte proibito
Il capitano irraggiungibile
Il maggiore incantevole
Il generale innamorato
Il pirata ammaliatore
Il duca sbagliato

Erica Ridley è autrice di romance storici apparsi sulle liste dei best-seller del *New York Times* e di *USA Today*.

Nella sua nuova serie di romanzi storici "Dalle Stalle alle Stelle", la storia di Cenerentola non vale solo per le principesse… Briganti Regency dietro cui sospirare trascinano giovani volitive in rocambolesche storie di riscatto stracolme di avventura.

La famosa serie "Duchi di Guerra" vede come protagonisti nobili canaglie e valorosi eroi di guerra che, di ritorno dalla battaglia, si ritrovano catapultati nello splendore e nella follia dell'Inghilterra nell'Età della Reggenza.

Quando non sta leggendo o scrivendo romance, Erica si può trovare a cavalcare cammelli in Africa, a fare *zip-lining* attraverso le foreste pluviali dell'America Centrale, o persa nei meandri di Budapest.

RICONOSCIMENTI

Come sempre, non avrei potuto scrivere questo libro senza il sostegno inestimabile della mia partner di critica, dei miei beta reader e della mia copy editor. Porgo grandi ringraziamenti a Darcy Burke, Erica Monroe, Tracy Emro, e a Ernesto Pavan per la sua traduzione. Siete fantastiche!

Infine, voglio ringraziare il gruppo Facebook de *Historical Romance Book Club* e tutti i lettori. Il vostro entusiasmo è fondamentale.

Grazie mille!

NOTE

CAPITOLO 2

1. In inglese "Saint Giles" (ndt).

9 781943 794850